がらんどう

Asako Otani

大谷朝子

集英社

がらんどう

リビングで、菅沼が死んだ犬を作っている。

キャビネットの上に置かれた３Ｄプリンターがけたたましい音を立て、溶けた白いフィラメントを絞りだす。３Ｄプリンターは小さめの仏壇くらいの大きさで、アームやヘッドがむき出しの無骨な機械だ。近未来的な外見ではなく、いつか図工室の奥で見た埃の溜まった裁断機を思わせる。

台座からＨ型の柱が立っており、Ｈの横線にあたるところに小さな箱型のヘッドが付いている。そのヘッドが、モーター音を響かせながらちょこまかと左右に動く。ヘッドのノズルから台座の上にフィラメントが絞りだされ、足元から少しずつ犬の形が現れる。

キャビネットの端には犬の写真が置かれている。犬はもう死んでいる。例外はないそうだ。

菅沼が持ち込んだ3Dプリンターは一般家庭には駆動音がいささかうるさすぎる。初めは菅沼の部屋に置かれていたが、付けっぱなしにしておくと寝られないと言って、リビングの隅のキャビネットの上に移動された。リビングの隅に向かって立ち、操作する菅沼まで、この家から追いやられているみたいだった。

わたしは、菅沼の後ろで立ったまま朝食のロールパンを口に詰め込んだ。白いブラウスの上に落ちたパンのカスは、あとでまとめて捨てようとそのままにした。最近老眼が始まったという菅沼は、時々機械から距離を取りつつ細かな造形の観察を続ける。サイズの大きすぎるTシャツが、菅沼の細い身体の輪郭を浮かび上がらせていた。背中を丸めると、背骨の凹凸までがくっきりと見える。無造作にまとめられた髪の束は水分や養分が行きわたらないのか、毛先に向かって傷んでいる。引き締まった身体の細さではなく、貧弱さを思わせる後ろ姿だった。

菅沼は、安価な3Dプリンターが一般向けに発売されるとすぐ購入し、小銭を稼げないか色々と試したらしい。結果、犬のフィギュアを作るバイトの割がいちばん良かったそうだ。ペットの犬を亡くした飼い主から、犬の写真が送られてくる。犬種ごとにテンプレートのデータがあり、犬個体の特徴に合わせて少しいじると、ペットそっくりのフィギュアを作ることができる。菅沼が作製した無色のフィギュアは、次工程で着色されて飼い主の元に届けられる。剝製にするよりも安価で簡単だし、皮をはぐのは可哀想だという飼い主に人気があるらしい。

床の上に転がっていた失敗作らしきフィギュアを拾い上げてみると、想像より軽い。中が空洞になっているようだ。チワワの身体に糸状になったフィラメントが蜘蛛の巣のように絡みついて固まっている。

こんな、生前のペットに形だけ似せられたからっぽのフィギュアを手に入れて、ペットを喪った飼い主の心は少しでも満たされるのだろうか。わたしには想像もできなかった。

機械から目を離さずに、唐突に菅沼は言った。

「トイレットペーパーが残機一です」

「会社帰りに買ってくる、覚えてたら」

「頼んだ」

チワワのフィギュアをローテーブルの上に置いた。フィラメントが足元にも絡まっていて上手く立たない。前側に傾いたチワワの鼻先が、かたんとテーブルに触れる。

その場を離れようとしたら、忘れていたパンのカスがぱらぱらと床に落ちた。


通勤電車では座ることはまずできないが、下りだからか多少は隙間がある。つり革に摑まって踏ん張っていると、うっすらと窓に映っている自分の姿が目に入った。グレーのスカートを穿いた、四十手前の地味な女だ。前後にひしめき合う他人たちの中で埋もれていて、焦点をぼやけさせると完全に同化できる気がした。わたしは揺れる車内でやや寄り目になりながら、自分の存在を消すことに集中した。

駅前やオフィス街から少し外れたところにある、いかにも賃料が安そうな雑居ビルの四階に、わたしたちのオフィスはある。机が五つの島に分かれて配置され、それぞれ「お誕生日席」にその島のリーダーが座るという、昔ながらのレイアウトで構成されている。このオフィスと別に、制作部署のオフィスと印刷工場を一つ抱えているだけの、こぢんまりとした印刷会社だ。

古くさく、物で溢れたぱっとしないオフィスには、ぱっとしないおじさんが二十人くらいいて、こんなところで働いているからそうなるのか、もともとぱっとしないからこの会社を選んだのかわからない。環境に染まらない強い意志を感じさせるメイクの女性社員も数人いるが、新卒で入って十七年にもなるわたしの出で立ちは、おそらくすっかりオフィスに馴染んでいる。

自席に戻ると、向かいの席の吉田さんが、机の引き出しをガラガラと開けて、ショルダーバッグを放り込んでいる。

「はよーざ……す」

吉田さんはほとんど口を動かさず「おはようございます」だとわかるぎりぎりの発音をする。わたしも同じような挨拶を返して席に座ると、なんだかいつもと視界が違う。席を区切るアクリル板の向こうで、吉田さんは白いポロシャツを着ていた。昨日までは、首元までしっかりボタンを留めてワイシャツを着ていたのに。

男性は五月からポロシャツを着用してもよい決まりになっているが、本格的に着用が始まるのは、梅雨の明けた今くらいの時期だ。ふくよかな吉田さんの身体にぴたっと張りついているポロシャツには、左胸に何か模様がある。ラルフローレンの馬かと思ったが、ラルフローレンの馬に限りなく似たシルエットの、見たことのない模様だった。パソコンが立ち上がり、画面がぱっと明るくなる。わたしは吉田さんの下ろしたてのポロシャツを眺め続けた。あの模様は何だろう。やや縦長で歪な染みのようなシルエットの、輪郭がぎざぎざと波打っている。

画面にポップアップが開かれて、今日のスケジュールが表示される。わたしはやっとポロシャツから目を離した。

今日の十六時の「期首飲み会」という予定が目に入る。そういえばそうだった。舌打ちでもしたい気持ちで、スケジュール画面をそっと閉じた。吉田さんは几帳面に折りたたまれたハンカチで額の汗を拭いた。

わたしの仕事には、経理という名前が付いている。

経理部の、わたしは二番目の古株だ。部署をざわつかせる大体の問題は、もう見たことがある。前例の解決方法を教えてあげるようにしていたら、ときどき苗字に「先生」を付けて「平井先生」と呼ばれるようになった。

この会社を離れたら、もうきっと「いてくれて助かる」と言われることはないだろう。一時期会社によく届いていた業務効率化やシステム化の営業メールやちらしを、わたしはいつもそっと捨てていた。システム化されてしまったら、わたしの仕事が奪われそうで怖かった。


予定通りの時刻に、隣の会議室で飲み会は始まった。わたしは仕事を抜けられないふりをして、自席に留まり続けた。毎年、経理部と総務部合同で会議室にケータリングの食べ物や若手が買ってきた大量の飲み物を持ち込んで飲み会を開催している。新型コロナウイルスの流行の影響で中止されていたのに、今年は規模を縮小して復活してしまった。

パソコンの画面で計上ボタンをクリックすると、経理システムの受信トレイが０になった。「Hiraiさんに届いているタスクはありません」と表示されている。今日の仕事はすべて片づけてしまった。

オフィスにある五つの島のうち、経理部の島は二つ。そのうち、わたしを含めて数人が席に残っている。隣の席ではいつも忙しそうな主任が、パソコンの光を顔に受けながら猛烈にキーボードを叩いている。

会議室から漏れてくるざわめきが随分大きくなった。ざわめきはうるさいくらい聞こえるのに、一枚壁を隔てるだけで誰の会話も聞きとれない。人々の会話を一度すべて解《ほど》いて、ぐちゃぐちゃにして詰めなおしたような、均一化されたざわめきの、濃度がどんどん増していく。

最近部署で結婚した若手がいるので、今日はその若手を中心に盛り上がっているのに違いなかった。視線を落とすと、マウスの上にとりあえず置いた手の甲に、血管が浮いている。会社の飲み会に居心地の悪さを感じるようになったのは、いつからだろう。

会議室から、飲み会の空気をひきずった人たちがぞろぞろと戻ってくる。揚げ物の臭いが漂ってきて顔を上げると、吉田さんが席に座った。

「あれ、平井さん、忙しいの？」

後ろから声を掛けられる。振り返ると、近藤さんが缶ビールや缶チューハイの載ったお盆を持って立っていた。近藤さんは部署で一番の古株の先輩で、わたしと違って課長の肩書を持っている。わたしは経理の仕事のほとんどすべてを、近藤さんから学んだ。

「はい、ちょっと……今日中に終わらせたくって」

近藤さんは、十年以上前からショートカットと黒縁眼鏡という出で立ちを保ち続けており、すっかりそのセットは彼女のトレードマークとなっている。

「そっかあ。よかったら持って帰ってくれない？　飲み物相当余っちゃったみたいで」

言いながら、お盆をわたしの机に置いた。

「あ、じゃあ」

わたしは缶チューハイを一本取って会釈をする。表面にびっしりと付いた水滴が、手のひらと缶の隙間を滑り落ちていった。

「何本でもいいよ、あ、荷物にならない程度で」

近藤さんがお盆を持ち上げないので、わたしは缶ビールをさらに一本取ってチューハイの横に置いた。

「あれ、平井さんビール飲めたっけ？」

「あー、わたしじゃなくて同居人に」

近藤さんは、身体を固まらせて、眼鏡の奥の目を大げさに丸くした。

「へー……、え、同居人？」

一瞬の間のあと、わたしの肩に触れて弾んだ声を出す。

「ちょっとやだあ、そんな話初めて聞いたよ。いつから？」

「……四か月くらいですかね」

「そうだったの。えー、今からでも平井さんと飲みたい気分なんだけど」

目元の皺を深くして、わたしの顔を覗き込もうとする。普段隠れている八重歯が、上唇からはみ出している。

「いやいや……」

わたしがあいまいに笑って俯くと、近藤さんは笑顔のままやっとお盆を持ち上げた。

「ごめん、仕事邪魔しちゃったね。次の飲み会はぜひ来てね。じゃ、わたし今日はあがるから」

「お疲れ様です」

「はーい、お疲れ様」

わたしは椅子を少しだけ回転させて、パソコンの前に向き直った。パソコンの中をどう探しても、今やるべき仕事はなくて、意味もなくウィンドウを開いたり閉じたりする。ふと、また吉田さんのポロシャツが視界に入ってきた。あの胸元の模様。突然、脳に風が吹いたように閃いた。もしかして、どこかの県のシルエットじゃないか？わたしは真剣に画面を見ているふりをしながら、改めて吉田さんの左胸の辺りを凝視した。意識すると、何県かはわからないが、県のシルエットにしか見えなかった。そうだ、絶対そうだ。やや縦長で、下半分が右側に曲がっている。しかし、一体何県だろう。

　ブラウザで日本地図を開こうとしたら、突然吉田さんが椅子を引いて、身体を屈めた。机の下の引き出しを開けているようだ。ショルダーバッグを持って立ち上がった吉田さんは、島全体に対してあいまいな会釈をした。


　オフィスを出ると、完全に日が暮れていた。このところ定時で上がるとまだ明るかったのに。エレベーターが開いた瞬間、目の前の闇のあまりの暗さにちょっと立ちすくんだ。パンプスを踏み出して闇の中に身を乗り出すと、途端に身体が夜に馴染んでいく。十五分も歩けば騒がしい横浜駅に着くというのに、嘘みたいに会社の周囲は人気も明かりもない。ぽつりぽつりと灯る街灯だけが、夜闇に沈むアスファルトを照らしている。

　二本の缶が入った鞄が重く、何度か持ち直した。同居人の存在を、自分のことのように喜んでくれた近藤さんの表情を思い出す。近藤さんは人が好《い》いと社内でも評判で、人付き合いのよくないわたしのことですら、可愛がってくれている。

本当は、と思う。本当は、近藤さんが喜ぶようなことは何もない。菅沼は、四十二歳の女だ。


「一緒に住まない？」と菅沼が言ったのは、去年の秋だった。

菅沼は、大衆居酒屋にわたしを呼び出して、サラダや揚げ物をひととおりつまんだあと、軽い口調で言った。新型コロナウイルスの感染状況が落ち着いていた時期で、居酒屋の席はほとんど満席だった。

「なにそれ」

酔いに任せて適当なことを言っているのだと思って、わたしは鼻息で微かに笑った。

「ルームシェアっていうの、やらない？　もっと広い部屋に住めるし、生活費も節約できるし、家事も分担できるよ」

菅沼はいつにも増して饒舌だった。その日に限って濃く塗っていたチークよりもやや下の位置が赤らんでいる。

「もちろんお互いの部屋は確保しよう。解消したくなったらいつでも解消していいし。あ、あと一応言っておくけど、そういう意味で平井のこと好きとかいう訳じゃないからね」

よどみなく続ける菅沼が少しだけ怖くなって、わたしは眉をひそめた。

「若い人たち同士ならわかるけど……本気なの？」

「四十過ぎた女二人が同居しちゃいけないって法律はないよ」

「でも、普通はしないよ」

わたしはレモンサワーを一口飲んで、付け加えた。

「あと、わたしまだ三十八だよ」

「それはごめん」

菅沼は、ひょいと枝豆をつまんでから口を開いた。

「平井さあ、子供の頃将来何になりたかった？」

何の話だろう。黙っていると、枝豆を咀嚼しながら菅沼は続ける。

「わたしは消防士。最高に格好いいと思ってたんだよね」

話の展開が読めず、眉間に皺を寄せる。菅沼はジョッキの飲み口を眺めながら、やっと核心めいたことを口にした。

「もう少しでマンションの更新の時期で。久しぶりに引っ越しでもしようかと思ったんだよ」

「うん」

「今うち1Kじゃん。もう二十年も働いてるし、そろそろ1LDKくらいいけるかなと思ったんだけど、都内の家賃高すぎじゃない？　ぎり住めそうな家は、木造とか築四十年とかバスじゃないと行けない場所とかしかないの」

テーブルの上の果汁を搾りつくされたレモンを眺めながら、もしかして菅沼は適当に言っているのではなく、この提案をしたくてわたしを呼びつけたのかもしれないと、頭の片すみで思った。

「信じられる？　わたし消防士になるどころか、1LDKにも住めないんだよ。そもそも就職氷河期ど真ん中の新卒で派遣しか仕事なくて、でも一生懸命勉強とかして十年後やっと正社員になれて、そっからさらに十年必死に一人で働いて、1LDKにも住めないって……やってらんないよ」

　菅沼の言いたいことはわからなくもなかった。

「二人暮らしなら家賃折半できるし、食費とか光熱費のやりくりもしやすいし、だいぶ楽だと思うのよ」

「結婚すればいいんじゃない？」

「結婚なんて絶対するか。知ってるでしょ、うちの親の泥沼離婚」

　わたしは黙って頷く。菅沼が、結婚を「負ける可能性の極めて高いギャンブル」だと思っていることは、度々聞かされていた。

「間取りだけの話なら、マンション買えばいいんじゃないの？　持ち家の友達は全然良い家に住んでるじゃん」

「まあ、それはそうだ」

「でしょ？」

　そうだそうだ、とわたしは自分の言葉に納得して、レモンサワーを手に持った。ジョッキに半分ほど残ったレモンサワーは、溶けだした氷で薄まっている。

「寂しいんだ」

観念したような口調で、菅沼が言った。

「コロナで思い知ったよ。在宅勤務で一日誰とも喋らない。わたし平井しか会う人いなかった」

何も言えなかった。わたしも、仕事以外ではもう菅沼としか会っていない。地元や大学時代の友人は軒並み家庭を持っており、数年前からＳＮＳの「いいね」を送り合う程度の仲になっていた。本当は菅沼とも会わない方がよいのはわかっていたが、家族みたいなものだからと心の中で言い訳をしていた。

「寂しかった。強烈だったよ。骨に染み入るような寂しさだった」

菅沼は続ける。

「こないだテレビ見てたら、なんかのドキュメンタリー番組で七十過ぎて未婚の兄弟で同居してる人の特集してて。いいなあ、わたしにも兄弟がいたらなあ、って思って、平井を思い出した」

「……うん」

「わたしは結婚する気もないけど、もちろん平井がそうだとは言い切らないよ。もし彼氏できたらさっき言ったとおり解消していいよ。まあそしたら諦めて1Kに引っ込めばいいだけだから」

すべてを言い切ったらしい菅沼は、ジョッキを傾けて底に残っているビールを飲みほした。ジョッキの底に視線を向けながら、軽い調子でもう一度言った。

「どうする？　一緒に住まない？」

答えられなかった。

「持ち帰って考えてもいいけど、なるべく早めに教えてよ」

「うーん、わかった。菅沼の本気は。でもあんまり期待しないでよ」

かろうじて頷いたわたしに、菅沼は薄く笑って、わたしのレモンサワーがなくなるまで、会社の愚痴に付き合ってくれた。

普通じゃない、と思った。菅沼は、普通とか普通じゃないとか、いつも気にしない。

3Dプリンターで作ったというプラスチックの指輪を、平気で左手の薬指にはめていた時期もあった。

わたしは、普通じゃないことを選ぶのが怖い。なるべく地味で、目立たないでいることは楽だし、そうやって過ごすのにわたしの性質も見た目もぴったりだと思っていた。

それでも、日に日に、普通じゃないはずの選択肢がわたしの中で大きくなっていった。かといってさっさと踏み切ることもできず、秋が過ぎて、今年一番の冷え込みと言われた二月の冬の日に、やっと決心した。

わたしの住んでいたマンションの部屋は日当たりが悪く、冬場の冷え込みが酷い。暖房の温度を最大に設定しても、部屋でダウンジャケットを着たくなるくらいだった。その日、わたしはベッドに潜り込んだ。風呂に入ってしばらく経ってしまったから、もう手足が冷たくなっている。布団の中で手をこすり合わせたり、太ももの間に挟んだりしても、なかなか温まらない。身体を丸めて熱が布団にこもるのを待っていると、むかしのことばかりが頭の中を駆け巡った。母と祖母と過ごした、底冷えのする団地の冬。ストーブの臭い。祖母がお正月だけ買ってきてくれた、宝石みたいな和光のチヨコレート。台所の裏に舞うほこりが、きらきらと光っていたこと。今よりもずっと貧しくて、でも貧しさがよくわからないままでいられた、騒がしさに満ちた日々。

瞼を開けると、見慣れた天井が静謐を保って暗闇に沈んでいた。骨に染み入るような、寂しさ。布団の中で身体を縮めながら、菅沼の言葉がごく自然に思い出された。


「今からでも間に合いますか」

電話をして告げると、菅沼はちょっとびっくりするくらい喜んだ。スマホの向こうで、飛び跳ねているんじゃないかという喜びようだった。菅沼はさっさと物件を決めて、恐ろしいほどの手際の良さで契約を交わし、引っ越しの日取りを決めた。仕事にもそんな風に取り組んでいれば、１ＬＤＫの部屋に住めたかもしれないと思わせるスピードだった。

菅沼の選んだ物件は、鶴見駅から徒歩十分のマンションの三階だった。結局都内の物件は諦めたらしいが、日当たりがよくトイレとバスも別で２ＬＤＫという、確かにいまのわたしだけの収入では住めない部屋だった。

わたしは、粗大ごみの申し込みを忘れてしまって、引っ越しを一か月遅らせてもらった。引っ越し屋さんが引き取ってくれるんじゃないかと思って調べると、そのようなサービスはなく、むしろホームページに「捨てる予定のものをとりあえず引っ越し先に運ぶ行為は絶対にやめるべきです」となぜか強い口調で書かれていたので怖くなったのだった。

あれからもう四か月か。菅沼の押しの強さに記憶を飛ばしていたわたしは、コンビニの自動ドアをくぐった。

コンビニの四隅を順番に回って、三番目の角でコピー機を発見した。タッチパネルを操作し、鞄の中から取り出したＵＳＢメモリを差し込む。ＰＤＦファイルを選択してスタートボタンを押すと、大仰な音を立てながらコピー機が稼働し始めた。コピー機の真ん中あたりの空洞に、コピー用紙が排出される。ほんのり温かいそれを、わたしはクリアファイルにそっと挟み、鞄に押し込んだ。

トイレットペーパーは、六個入りがよかったが、コンビニには四個入りしか置いていなかった。プライベートブランドらしき簡素なパッケージのトイレットペーパーを仕方なく手に取った。

トイレットペーパーをぶら下げて、わたしは家のドアを開けた。パンプスを脱ぎ捨てると、リビングにいた菅沼が振り返った。

「ただいま」

「おかえ、お、トイレットペーパー!」

とりあえずトイレのドアの前にトイレットペーパーを置いて、自室に入る。

わたしの部屋は六畳弱の広さだ。ベッド一台と収納ケースを置いただけでそれなりに圧迫感があったのに、一瞬で終わった在宅勤務中に机を詰め込んだら、絶望的に余白がなくなった。実際の広さよりも幾分狭く感じられる部屋を、わたしはほぼ寝るためだけに使っている。

鞄の中からクリアファイルを取り出し、少し迷ったあと机の引き出しの中に仕舞った。ここなら、偶然開けてしまうこともないだろう。

リビングに一歩足を踏み入れると、身体を包み込む空気にほっとため息が出る。リビングは、ローテーブルとソファとテレビボードという最低限の家具たちが配置されていて、隅っこの3Dプリンターだけが異彩を放っている。二人掛けのソファで、菅沼がスマホをいじっていた。

ソファの前のテーブルに、わたしは鞄から取り出した缶ビールとチューハイを置いた。

「おりゃ」

「え、なんでなんで」

すぐに菅沼は顔を上げ、しげしげと銀色に光る缶ビールを眺める。

「会社の飲み会の残り」

「でかした。じゃあご飯にするか」

立ち上がった菅沼はキッチンに向かい、冷蔵庫を開け閉めしたり、レンジを稼働したりし始めた。鍋の蓋を開けると湯気が上がって、コンソメらしき匂いが香る。しばらくすると、ローテーブルの上には、ロールキャベツとポテトサラダと白米が並んだ。

わたしたちは床に座布団を置いて、それぞれ手を合わせた。ロールキャベツは、百均で買った白く丸いだけの器に盛られている。口に運ぶと、甘みを増したキャベツがすぐにほぐれる。

「美味しい。ロールキャベツなんてよく作るよ」

菅沼はロールキャベツを箸でほぐしながら頷いた。菅沼の箸の持ち方は変わっていて、握りこむようにした拳から二本の箸が突き出ている。あれでよく物を摑めるものだと最初は驚いた。

「慣れてしまえばそんなに手間でもないのだよ」

ひととおり献立を楽しむと、身体の芯が温まってくる。ふと、今日の会社での出来事が頭に蘇って、黙々と咀嚼している菅沼に話しかけた。

「あ、そうだ。向かいの席のおじさんが、今日ポロシャツを着てたんだけど、その胸元の模様がどう考えてもどっかの県のシルエットなの」

「どっかの県?」

意味がわからないのか、菅沼は首を傾げる。

「調べようと思ってたんだった」

わたしは手元に置いていたスマホを手に取って、「日本地図」と検索する。画像検索で、県境がしっかり引かれている日本地図を見つけ、拡大して東北辺りから眺めてみる。少しずつ拡大する範囲を移動していき、はっと手を止めた。

「あ、わかった。和歌山県だ！」

菅沼が声を上げて笑う。

「和歌山県のポロシャツって何」

「嘘みたいだけど着てたんだよ。月曜も着てこないかなあ、答え合わせしたい」

「月曜は奈良県かも」

わたしも笑った。

「それは面白すぎる」

菅沼は器を傾けて底に残ったスープをすすり終えると、さっさと自分の分の食器を片付けて、風呂を沸かし始める。わたしはその音を聞きながら、甘いキャベツを嚙みしめた。

風呂から上がると、菅沼がソファを壁に向かって押していた。ソファはずりずりと少しずつ移動している。

「何やってるの？」

「明日休みだし、犬フィギュアも、本業のシステム画面も納品したから、今日はリビングでＤＶＤ観ながら寝る」

ソファの背がぴったり壁に付くと、菅沼は振り返った。一重の切れ長の目がまっすぐこちらに向けられる。

「平井も一緒に寝る？」

「そうしようかな」

「おっけー」

言うなり自室に引っ込んだ菅沼は、今度はマットレスを運んでくる。横にして丸められているセミダブルサイズのマットレスは、菅沼の顎くらいの高さだ。広げると、七畳のリビングの床のほとんどが占拠された。

枕やタオルケットを並べて寝床を整えおわると、菅沼は慣れた手つきでＰＳ２にＤＶＤを差し込む。ＤＶＤプレーヤーと化しているＰＳ２は、菅沼の家から持ってきたものだ。年季が入りすぎており、途中で映像が飛ぶこともよくある。暗くした部屋で、三十二インチのテレビだけが光を放つ。わたしは上体を起こしてテレビを見つめた。

「ビールもう一本飲んじゃお」

菅沼はうきうきと冷蔵庫を開けて、缶ビールを取り出す。

テレビには、真っ暗な舞台が映し出されている。突然光と音に満ちて、観客の歓声が上がる。ステージの後ろ側がせりあがり、全身白の衣装に身を包んだ五十嵐くんとこばっちが、少しずつ姿を現す。ステージが上がりきると、一瞬の沈黙が訪れる。二人は微動だにしない。観客は息を呑んでその姿を見つめ、歓声も静かになる。すると、往年の名曲のイントロが掛かり、五十嵐くんとこばっちは弾けんばかりの笑顔を浮かべて踊り始める。再び舞台は大歓声に満ちる。ステージを俯瞰するカメラに切り替わると、隙間なく席に詰め込まれた観客がサイリウムを振ったりうちわを振ったりしながら、ひとつの生き物のように揺動している姿が映される。

三年前、わたしと菅沼もこの生き物の一部分として、必死にサイリウムを振っていた。菅沼は、二人組のアイドルグループ「KI Dash」の大ファンですべてのＤＶＤを持っている。わたしにはそこまでの情熱はないが、自分の行ったライブの映像は、当時の熱狂を蘇らせてくれるから時々観る。

「いつも思うけど、ここの五十嵐くんのダンスいいよね。ほんと衰えないよ」

いつの間にか隣であぐらをかいてビールをすすっていた菅沼が頷いている。

「うん、トレーニングにストイックだからね」

わたしはなぜかしら誇らしい気持ちで答えた。菅沼はこばっちの、わたしは五十嵐くんのファンだ。五十嵐くんは四十を過ぎているとは思えない身のこなしで、観客の視線を釘付けにする。複雑な脚の動きは、速いだけでなくなめらかで、いつ見ても感心する。KI Dash の最盛期だった二十年前、アイドルには今ほどのダンスセンスは求められていなかった。アイドルグループが世に溢れ、差別化のためにダンスや歌の技術はどんどん高度化していった。すでに盤石なファン層を獲得しているのにもかかわらず、並々ならぬ努力で若いアイドルグループに引けを取らないどころか、圧倒するようなパフォーマンスを披露する、五十嵐くんの真面目さが好きだ。この話は酔うといつも菅沼にしてしまうので、今日は心の中に留めておいた。

しばらくは夢中になって映像を観ていたが、突然眠気に襲われた。気が付くと瞼が落ちてくる。わたしはもそもそとタオルケットの下に入り込み、枕に頭を預けた。

菅沼がテレビの音量を下げてくれる。心地よい眠りがやってくる。六曲目が流れている。六曲目のあとに着替える五十嵐くんの、私服みたいな衣装が好きだ。五十嵐くんがぼやけて曖昧になる。誰かが喜んでいる。近藤さんが喜んでいる。いや、違う、母が喜んでいる。見るたびに痩せて小さくなっていく母。佐和子、同居しているの。そんな相手がいたの。いつ結婚するの。違う、そうじゃない。喜ばないで。

わたしにとって、菅沼との同居を決めるということは、諦めるということだった。もしかしたらもう無理なのかもしれないと思っていた、結婚や出産をするような未来のことを。諦めてしまうには、三十八はまだ早いはずだった。でも、諦めることを決めてしまえば楽になれるんじゃないかと思った。それだけのことなのだ。だから、お母さん、喜ばないで。

これまでの人生で、わたしは男性に一度も恋愛感情を抱いたことがない。大学生と社会人三年目の頃に、交際を経験したことはある。どちらも、相手のことが全然嫌いではなかったのに、「嫌いではない」を超えられなかった。手を握られるだけで無視しがたい不快感が湧き上がって、甘い言葉を囁かれるほど、気持ちがどんどん白けていった。

三十のとき、本当に無理なのかどうか確かめてみたくて、合コンに参加したこともある。わたしから一人の男性に連絡して数度食事に行った。どんな男だったか、もうほとんど覚えてもいない。家に来ないかと言われただけで息苦しくなった。今日は体調がちょっと、とごまかして、逃げるように帰ったのだった。

だから、わたしにはもう結婚や出産をする未来はないのかもしれない。でももう、それでいいじゃないかと、菅沼なら笑ってくれる。

起きたら、昼過ぎだった。いつの間にか菅沼の姿はなくなっている。洗面所から洗濯機が衣類をかき回している音がする。今までどうして目を覚まさなかったのかと思うくらい、日の差し込んだリビングは明るい。寝ているうちにはいだらしいタオルケットが、足元で丸まっている。手元にあったスマホを手に取ってマットレスの上でぐずぐずしていると、洗濯機が軽快なメロディーを鳴らした。洗濯が終わったらしい。わたしは、仕方なく立ち上がった。

洗濯物を干すのはわたしの役目だ。菅沼はベランダ恐怖症なので、ベランダで洗濯物を干すことができない。聞いた話によると、昔ラジオの音がうるさいとかで怒った父親が、高校生の菅沼をベランダに締め出したことがあったという。真冬に三時間、菅沼は部屋着で過ごし、とうとう尿意を我慢できずに漏らしたそうだ。

直射日光の当たるベランダは、焼けつくような暑さだった。わたしは手でひさしを作って、おおげさに顔をしかめながら、ひとつひとつ衣類を物干し竿にかけていった。

菅沼と出会ったのは、六年前だ。六年前、とうとうわたしの勤める印刷会社は、社内の事務作業の大々的なシステム化に踏み切ることにした。何社か相見積もりをとって決まった外注先のＣＩＥテックというシステム会社は、わたしがよく営業メールを破棄していた会社だった。

キックオフと称した打ち合わせに、ＣＩＥテックから六名の男女が訪れた。若々しく、それぞれぱりっとした格好をしており、近藤さんに言わせると「ただならぬおしゃれオーラ」が漂っていた。その六名の中に菅沼はいた。

しばらく常駐して作業したいと言う彼らのために、経理の隣に三つの席を用意した。三月、四半期決算の直前で必死に作業をしていて、島で最後の一人になっていたことがある。なんとか今日の分の仕事を終えて辺りを見回すと、ＣＩＥテックの席だけまだ明かりが灯っていた。

オフィスの最終退場者用の確認用紙に、わたしは定型的なチェックをしてレ点を記入していった。すべてのチェックを終えると、確認用紙だけを胸に抱えて、出入り口付近にあるＣＩＥテックの席に向かった。そのとき残っていたのは菅沼一人だった。ほとんど電気の消えたオフィスの一角でパソコンに向かう菅沼は、背中を丸め細い脚を組んで、真剣というよりは退屈そうな顔をしていた。油断しているようだから声を掛けたら驚かれるかもしれない、と思いながらわたしはおそるおそる話しかけた。

「お疲れさまです。わたし、お先に失礼しますね。帰るときは守衛さんに声掛けていただければ」

振り返った一重の目は、退屈さを隠しもせずにわたしを見返した。

「ああ、はい。お疲れさまです。いつもなので大丈夫ですよ」

慣れた様子でまたパソコンに向かおうとする。わたしは会釈をして去ろうとしかけて、手に持っていた確認用紙に一か所記入漏れがあったことに気が付いた。

「あ、すみません。ペン、借りてもいいですか」

菅沼は机上にあったボールペンを手に取って、わたしに渡した。

「はい、どうぞ」

「キャビネット施錠」の欄にレ点を記入し、無意識にボールペンをノックするがペン先が引っ込まない。もう一度押してみても、ガチャリと微妙に振動するだけだ。回すタイプかと思い両手でひねってみるが、ちっとも回らない。

「あれ、これって」

困った顔でボールペンをひねる仕草をすると、菅沼は唇にやわい笑みをまとわせた。

「あ、それ、壊れてるんです」

「壊れて……」

わたしの手からボールペンを取ると、笑みを引っ込めてぺこりと頭を下げた。

「お疲れさまでした」

「ああ、はい。お疲れさまです。失礼します」

それが、菅沼と二人で会話をした初めての日だった。それだけの出来事だったが、パソコンの光を受けて不敵な笑みを浮かべていた菅沼の姿は、なぜかいつまでも脳裏に残っている。

次に菅沼と会話をしたのは、それから一週間が過ぎたときだ。昼休憩に近所のドトールでレジ前の列に並んだ。昼時のドトールは、駅から外れた場所でもそれなりに混雑する。近所に勤めている会社員らしき人ばかりの列に加わると、前の女性の背中に見覚えがあった。細身のスーツを着て、退屈そうにスマホを眺めている。

「菅沼さん？」

振り返った菅沼は、驚いた顔をしたあと目元をゆるめた。世間話でもしようと思いながらも、菅沼の手に握られたスマホの待ち受け画面に視線が吸い寄せられた。五十嵐くんとこばっちが、顔を寄せ合って笑っている。

「それって KI Dash じゃないですか？」

条件反射で聞いていた。声に出したあと、慌てて失礼だったと思いなおす。

「あ、ごめんなさい。勝手に待ち受け見て……」

菅沼は笑って首を振った。

「ううん、え、好きなんですか？」

「はい。わたし、完全に世代ですよ」

「へえ。どっち派です？」

「五十嵐くんです」

「わたしは、こばっちです。こばっち推し」

わたしたちは歯を出して笑い合った。ドトールの列は少しずつ進み、必死な笑顔の店員が手を上げながら「こちらへどうぞー！」と叫んでいる。

「かぶりませんでしたね」

笑いかけると、菅沼は大きく頷いた。

「かぶると同担拒否とか言いますよね。ライブって行ってます?」

「いやあ、行ったのはもう十年以上前かな」

「うそ、絶対行った方がいいですよ。やっぱりね、彼らはパフォーマーだから」

熱くなりかけた菅沼は、ちょうど列の一番前に来たので、注文カウンターに向かった。わたしは上がったままの口角を引き下ろして、メニューを指さしている菅沼の横顔を見つめる。

注文を終えて、ミラノサンドBのセットを持ちながら振り返ると、ごく自然に菅沼はわたしのことを待ってくれていた。

一年後、二度の試作を経てCIEテックが制作したシステムが本格導入となった。とうとう常駐の席も片付け、CIEテックが完全に撤退する日が来た。その日、菅沼からわたしの社用メールアドレスに二通のメールが届いた。一通はプロジェクトメンバー全員を宛先にしたもので、一年間の感謝を述べる定型文が書かれていた。もう一通は、わたしだけに宛てたメールだった。
《平井さん
会社の外で飲みませんか。わたしのプライベートの連絡先をお伝えしておきます。よかったら、ご連絡ください。
090-XXXX-XXXX》
一か月かかって、やっと電話をする決心がついた。それから、月に一回は飲みに行く仲になり、ライブに一緒に行くようになり、数年後にはお互い呼び捨てで呼び合うようになっていた。

ドトールでKI Dashについて夢中で語ったときも、菅沼の部屋で酔いつぶれて眠ったときも、まさか一緒に暮らすことになるなんて考えもしなかった。一度、菅沼が本音を語ってくれた夜があった。一緒に住み始めてすぐに近所の中華料理屋に行ったときのことだ。気のいい中国人らしき店員に乗せられて紹興酒を飲みすぎた菅沼は、顔を赤くさせていた。

「わたしは、絶対結婚したくない。結婚しないって前提でも男と暮らしちゃったら、子供ができたり、相手の気が変わったりするかも。そしたらとにかくめんどくさい。そんなリスクを取りたくない」

「でも菅沼って、何年か前、もう二年前？　彼氏いたよね」

「彼氏と結婚は違う。付き合ってるときは優しかった、が母親の口癖だったから」

皿の端に残ったザーサイを箸で摘んだまま、菅沼は続けた。

「大人になるとさあ、周りにいる人たちって自分で選べないじゃん。親兄弟はもちろん、普段やりとりする同僚も、チームのメンバーも。好きで選んだ訳じゃない」

「まあねえ」

「わたしは、もう四十過ぎて誰にも迷惑かけずに生活できるようになった訳だし」

菅沼は口の中に放り込んだザーサイを咀嚼しながら、すこし笑った。

「わがまま言っていいなら、平井とは好きで一緒にいたい」

恥ずかしくて何も答えられなかった。すっかり氷で薄まっていたウーロン茶をぐいぐい飲んだ。翌日になると、菅沼は会話のすべてを忘れていた。

ひんやりとした感触で我に返った。水を含んでいる菅沼のTシャツを、ゆっくりハンガーに通した。もう何年も着ているから、首周りが伸びてしまっている。洗濯物をすべて干し終えると、背中に汗が伝っていた。からからと音を立てて窓を開ける。洗濯かごを持ってサッシをまたごうとして、身体が固まる。リビングで菅沼が仁王立ちしていた。血の気の引いた表情でこちらを見つめている。

「どうしたの」

わたしは洗濯かごをその場に置いて、ただならぬ様子の菅沼に駆け寄った。

「こばっちが……」

「え、不祥事でも起こしたの？」

「事故？　病気？」

菅沼は首を横に振る。長い髪の毛が左右に広がって揺れた。

なおも首を振る。

「……結婚？」

頷いた菅沼は地の底を這うような声を絞り出した。

「でき婚」

「相手は？」

「十五年下のグラビアアイドル」

強烈なワードの連続に、わたしは天を仰いだ。ベランダから差し込んだ日差しが、背中をじりじりと焼いている。

「菅沼……大丈夫？」

「わからない」

本当に青い顔で首を振った。ただ、スマホを握りしめてリビングに立ち尽くしている。

「お昼、作ろうか」

キッチンに移動して冷蔵庫を開けると、焼きそばの麺が目に入った。ベーコンとキャベツを取り出して、狭い調理台に並べる。リビングの様子を窺うと、菅沼はじっとソファに座っている。わたしはスマホを取り出して、Googleで「こばっち　結婚」

とこっそり検索した。こばっちの顔写真と相手の顔写真のサムネイルが、すぐに表示される。トップ記事をタップして、女性の写真を拡大する。胸元の大きく開いたTシャツから、白い谷間がむき出しだ。少し垂れた目のまわりが睫毛でこれでもかと縁取られていて、ぽてっとした唇が半開きになっている。わたしはそっとスマホの画面を消した。女を凝縮したような一枚の写真だけで、胸やけがしそうだった。

菅沼の傷心は想像以上だった。二十年以上追っかけをしていたアイドルが、十五年下のグラビアアイドルとでき婚をした場合、どれくらいの落ち込み方が適切なのかはわからない。でもそれにしても、落ち込みすぎに思えた。

わたしの作った焼きそばにはほとんど手を付けずに残してしまった。菅沼は飲まず食わずで一日中ただソファに座ったまま過ごした。時々思い出したようにスマホを手にとっては、すぐに放り投げてしまう。窓の外は一度赤らんで、やがて夕闇が訪れた。

「夜ごはん、どうする？　出前でも取ろうかと思うけど」

スマホで出前館のアプリを開き、おすすめのお店を何軒かタップした。フライドチキンの写真が目に飛び込んで、脳が痺れるような食欲を感じる。

「なんでもいい」

菅沼は、ソファの上で首を振った。

「うどんとかにする？　そしたら食べられる？」

返事はない。菅沼は、ゆっくりとソファの上に倒れこんだ。広がった髪の毛で表情は見えない。痩せた肩が、髪の毛の間から突き出ている。

「……平井、わたしを遠くに連れてって」

菅沼が、どれほどこばっちを好きだったか知っている。遠い世界の偶像だとしても、結婚を選択した小林恭介の私生活と、心血注いで夢中になったアイドルのこばっちを切り離して考えることは、きっとできない。菅沼の傷心を少しでも癒すことができないだろうか。わたしは、菅沼をどこまで遠くに連れて行ってあげられるだろう。

「熱海でいい？」

頭に浮かんだ単語をそのまま口に出していた。菅沼は微動だにしない。わたしは自分の言葉に一瞬ぽかんとして、それから追いかけるように思考が回り始めた。

「明日、日帰りで行こうよ。海鮮でも食べて。温泉も入って」

手に持っていたスマホを操作し、乗換案内のアプリを起動する。鶴見から熱海まで在来線で一時間半と表示された。日帰りで行けない距離ではない。

「それか、一泊しちゃう？　月曜は会社サボっちゃうとか」

声を掛け続けると、菅沼はやっと上半身を起こした。後ろにあるべき長い髪の毛が全部顔の前に掛かっている。髪の毛の狭間から、一重の目がまっすぐにわたしを見上げた。

「本気なの？」

わたしは頷いた。


東海道線のグリーン車は、二階建てになっているからか天井が低い。わたしたちは下の階の後ろの方にひっそりと座った。日曜の午前という時間帯、下りの電車はさほど混まない。わたしたちの他には、若いカップルや老夫婦が数組座っているだけだ。窓の外に見える戸塚駅の周辺は、鶴見とさほど変わらない。やたらと大きいショッピングモールが一瞬で流れ去った。

隣に座る菅沼は口の中で飴を転がしている。一晩経って、菅沼の様子はだいぶ落ち着いていた。朝もコンビニのロールパンを与えると、もそもそと二つ平らげた。

菅沼は窓の外を眺めながら、ぽつりと言った。

「熱海、何年ぶりだろ」

「わたし、中三のとき一人で熱海来たことあるよ」

わたしの顔を見返して首を傾げる。

「中学生が一人で？」

「うん、家出だったんだ」

「へえ、結構気合入った家出だね」

菅沼の舐めている飴の甘ったるい匂いが、時々漂ってくる。しっかり普通に会話をしてくれることに安心して、わたしは昔の記憶を手繰り寄せた。

「雅俊さんが家に来てすぐだったかな」

わたしの二人目のお父さん――雅俊さんが家に来たのは中三のときだった。二人目、と言っても一人目のことをわたしは知らない。わたしが物心付いたときにはもういなかった。

「熱海に泊まったの？」

「ううん、そんなお金なかった。夜、怖くなってその辺の温泉宿に駆け込んだんだ。お土産のコーナーでふらふらしてたら宿の人に、家出じゃないよね？　って聞かれて」

そう聞かれて、はじめて自分の行為が家出であったことを認識した。

「家出ですって答えた」

「素直」

い、いえで、です。家出です。震える声で言った途端、涙があふれたのだった。

「衝動的に家出ただけで、何もプランなかったしね。そのあとも素直に家の電話番号伝えて、お母さんが迎えに来た」

温泉宿の事務所でじっと座っていると、重たそうな鉄のドアが性急に二度ノックされた。ドアを開けた母の強張った顔が、わたしを見た途端泣きそうに歪んで、すぐに引き締められた。

「平井が家出したら熱海に探しに来ればいいんだね」

菅沼が明るく笑ったので、わたしも釣られて笑った。スピードを緩めて電車が駅に停車すると、数人がグリーン車に乗り込んでくる。

「大船の次、もう藤沢だって」

菅沼は、駅を眺めながら先ほどと変わらぬ口調で言った。


「海が見たい」

駅に降り立つなり、菅沼は言った。わたしはスマホを見ながら、アーケード街の方を指さした。

「宿、海の近くだよ。とりあえず、その辺で昼食べよ」

熱海駅前は、昔とさほどイメージが変わらない。意外なほど若い人が多く、観光地らしい活気に溢れている。アーケード街の店は観光客向けであることを微塵も隠さず、作り物めいた和風の佇まいでわたしたちを出迎える。店先に並べられた温泉まんじゅうから立つ湯気の白々しさを、懐かしく眺めた。

わたしたちはすこし歩いて、行列のできていない蕎麦屋の前で足を止めた。通りから店の中が見えず、ちょっと尻込みしていたら、菅沼がさっさと引き戸を開けてしまう。開くなり、冷房の人工的な冷気が立ち込めて、汗ばんでいた身体を意識させられた。

木の太い柱がむき出しの、古い建物の印象をそのまま残した店だ。店内は思ったよりも広く、若者から地元の老人まで雑多な人で混雑していた。店の奥から現れた背の低いおばさんが、わたしたちを一瞥して手前のテーブルを指さした。席に着くと大して歩いてもいないのに、ほっと息が漏れた。

わたしはとろろ蕎麦を、菅沼は天ざるを頼んだ。天ぷらは量が多く、長方形の皿の上に山盛りになっている。左端からどんどん山を削っていく菅沼の食欲に、わたしはほっとした。

とろろ蕎麦は、ひたすら喉につるつると入っていく。わたしには蕎麦の個体差がよくわからないから、とろろ蕎麦が想像通りの味や食感であることに満足した。

「ずっと考えてたんだけど」

蕎麦をつゆにつけながら、菅沼はぽつりと言った。

「こばっちの結婚相手が、三十八歳くらいの、すごい美人って訳でもないけど雰囲気のある実力派女優または歌手だったら、一番嫌じゃないかも」

箸でつまんだままだった蕎麦を勢いよくすすったあと、すぐに口を開く。

「実力は伴っていてほしい。確かに、彼女なら力もあるし、認めざるを得ないなって思いたい」

わたしが思いついた女優の名前を挙げると、菅沼は微妙に嫌そうな顔をした。

「一般女性とかは？」

「それは嫌だ。なんとなく自分に近すぎて」

「そういう気持ちって、どこから来るんだろうね」

他人事みたいに響きすぎたので、わたしは慌てて加えた。

「でも、グラビアアイドルが嫌な気持ちはわかるよ、強烈に」

「てか、別に発表しなくていいのに。引っ越しとか、親が死んだとかはいちいち発表しないのに、なんで結婚や出産は特別なことみたいに取り上げるの？　どっちも芸能人のプライベートじゃん。アイドルのプライベートなんて全部謎でいい」

わたしは肯定も否定もせずに、ただ蕎麦をすすった。


蕎麦屋を出ると、目を突き刺すような眩しさだった。アーケード街の屋根は透明で、容赦なく日差しを通している。

道の端では温泉まんじゅうを手にしたカップルが、スマホで自撮りをしている。男の子は背が高く痩せていて、小さい頭の後ろ側を刈り上げていた。今時の若い子には、こういった温泉街も新鮮で面白いのかもしれない。

昭和の匂いを残したままの熱海の街で、行き交う人々だけが新しく入れ替わっていく。きょろきょろと辺りを見回しながら付いてくる菅沼を見ていると、二十四年前、熱海に逃げ出そうとした十五歳のわたしの背中が再び脳裏に蘇った。

「わたしさあ、中三から高二までで、三回家出したんだよね」

「まじ？　平井ってもっと品行方正かと思ってたよ」

「高二のときに、大学に受かったら一人暮らししようって思って。目標ができたら落ち着いた」

「そんなに家が嫌だったの？」

「うん、やっぱり、雅俊さんが。めちゃくちゃいい人だったけど。いきなり現れたおじさんと一緒に住むっていうのが、どうしてもね」

「思春期真っ最中だもんな」

アーケードを抜けると、傾斜の強い坂道が現れる。まだこの辺りにも観光客向けの飲食店が並んでいる。ただ苺を串に刺したようにわたしには見える、新しそうなお菓子の店にやはり若者が列を作っていた。少し歩いただけで、冷房で冷えていた身体はあっという間に汗ばんでしまった。

「雅俊さんと結婚する前、団地でお祖母ちゃんと三人で暮らしてたときの方がわたしは好きだった。貧乏で、一回給食費を滞納したこともあったんだけど」

いつも忙しそうな母を待つばかりだった、狭くて埃っぽい団地での生活が、いまは暖色の思い出として胸の裡にある。一方、雅俊さんと暮らしたこぎれいなマンションの記憶には靄が掛かっていて、いつもちょっと覚悟を決めないと取り出せない。

少女の背中の幻影を引きずりながら、自分ばかり話していることに気が付いた。

「菅沼は家出とかしなかったの？」

菅沼は大げさに首を振る。

「家出なんてしたら、後が怖すぎる。本気で帰らないつもりじゃないとできない」

そっか、と答えた呟きは小さすぎて菅沼の耳には届かなかったかもしれない。目線の先には、建物の間から短い水平線が覗いている。


海を見るために海水浴場に来たのは間違いだった。海開きをしたばかりの砂浜はビーチパラソルで埋め尽くされ、水面に浮かぶ幾つもの黒い頭は、ぶつかりそうな距離でひしめきあっている。間断なく響く波音の上を、子供の高い声が何重にもなって行き交う。

日差しは海に近づくほど強烈になり、Tシャツが背中に張りついている。わたしたちは海水浴場の入り口に立ち尽くして、言葉を失った。

「うわあ」

ショルダーバッグを肩に掛けなおしながら、菅沼が呟いた。

「まじか」

「熱海ってもっとさびれてるイメージだった」

「コロナで数年来られなかった反動かも」

視線を少し移動すると、ビーチに並んだ海の家が幾つものぼりを立てている。水色の布地に白い文字で書かれたソフトクリームという言葉が目に飛び込んでくる。

「ソフトクリーム……」

思わず呟くと、ハンカチで額を押さえながら菅沼は頷いた。

「とりあえず、食べようか」

わたしたちは水色ののぼりを目指して砂浜に足を踏み入れた。駆け回る子供や、若い男女の集団の間を縫って、ひたすらに歩を進める。歩く度めり込むスニーカーの中に砂がどんどん溜まっていく。ビーチには、様々な肌が溢れていた。日焼けして引き締まった男の隣に寝そべる女の肌は白く身体は薄い。対面から歩いてくる若い女の三人組は、それぞれ同じような身長で同じような化粧をしているが、三者三様の肉付きだった。真ん中の女がいちばん瘦せていて、身体の凹凸も少ない。水着から伸びた六本の脚の蠢く様が生々しく、わたしは思わず目を逸らした。俯いて、砂浜に埋まっていく薄汚れたスニーカーを見つめる。前を歩く菅沼がぴたりと足を止めた。

「平井、何味?」

顔を上げると、のぼりを出していた海の家の前だった。海の家はウッドデッキ付きの建物で、数人が行列を作っている。

「バニラ」

「頼んでくるわ」

菅沼は躊躇せず、水着姿ばかりの行列に加わった。半袖のブラウスの襟をぱたぱたとはためかせながら、財布を取り出している。

茶色と白のソフトクリームを手に戻ってきた菅沼は、白い方をわたしに差し出した。わたしはお礼を言って、それを慎重に受け取る。

「ここって、座ってもいいですか?」

菅沼がすぐ後ろを横切った店員に、ウッドデッキの階段部分を指さして、聞いた。店員は金髪の男性で、日焼けした左腕に刺青をしていたのでわたしは少しぎょっとした。

「いっすよ。どうぞ」

軽薄な答えに、菅沼は会釈を返す。わたしたちはかろうじて日陰になっている階段に腰かけた。

昼で食《は》んだソフトクリームは、全く抵抗を返さず口の中で液体になった。前側を二口食べると、もう後ろ側から垂れてくる。どんどん溶けていってしまうので、身体から少し離して、必死にかぶりついた。ウッドデッキの上に、白い斑点が幾つもできていく。

会話もしないままソフトクリームを食べきると、両手がべたついていた。胃の中に納まった冷たさのおかげで、身体は多少冷えている。わたしは一息ついて、菅沼に声を掛けた。

「隣に公園があるみたい。そっちならもうちょっと落ち着けるかも」

「いいよ、もう。海はいまめちゃくちゃ感じてるし」

菅沼は最後のコーン部分を口の中で咀嚼しながら、手に付いたアイスの残骸を振り落とそうとしている。

目の前は、青一色だ。空の青は水平線に向かって白みがかり、海の青は水平線に向かって濃くなっている。水面が盛り上がるたびに、そこに浮かぶ人間が歓声を上げる。人間の反応など関係なく押し寄せる波音が、浜辺全体を包むように響き続ける。冷えた身体が熱を帯びていくのを感じながら、立ち上がる気力がなかなか湧かなかった。


わたしが予約した宿は、明らかに昭和に建てられた巨大な旅館だった。白かったのであろう外壁は薄汚れて黒ずんでいた。無言で自動扉を通ると、宿の中は改装したのか清潔感があってほっとした。やたらと広いカーペット敷きのロビーでは、浴衣姿の若いカップルが着替えを抱えて歩く隣で子供が駆け回っている。チェックインの手続き中に渡された館内図を見ると、宴会場、カラオケ、バー、卓球場、ゲームコーナー、大浴場とともにかくすべてが詰め込まれていた。

食事を済ませたあと、浴衣を抱えて大浴場に向かった。大浴場で見る女の裸は、不思議とビーチで晒されていた肌よりも生々しくなかった。年齢層が高いからかもしれない。浴槽の縁に腰かける中年女性の弛《たる》みきった身体の上には重力を感じさせる乳房が投げ出されている。

菅沼の裸は、痩せていた。あばらがくっきりと浮き上がり、背骨のごつごつとした形が露わになっている。乳房は潔いほど平らだった。年々下半身がどっしりと贅肉を蓄えるようになっているわたしは、自分の身体をタオルで隠し続けた。

大浴場を出ると、わたしたちは旅館の地下にあるバーを訪れてみることにした。重い木の扉を開けると、誰もいなかった。木造のカウンター席と赤いソファ席が三つあるだけの店内で、ジャズが絞ったボリュームで流れ続けている。しばらく突っ立っていると、カウンターの奥から、蝶ネクタイをした男性が顔を出して、慌ててわたしたちにカウンター席を勧めた。

壁にはウィスキーの瓶が数えられないほど並べられている。店内の随所にステンドグラスのランプや黒電話が置かれていて、レトロ感を演出しているらしかった。

わたしはメニューの中から、マンハッタンというカクテルを頼んだ。菅沼は冊子になっているメニューを何度も行きつ戻りつしながら、何かしらのウィスキーをロックでリクエストした。

きょろきょろとバーの細部を眺めてお酒を待っていると、菅沼がスマホを眺めだした。薄暗い店内で光を放つ液晶には、こばっちの結婚相手が映っていた。ぎょっとして、思わず声を掛ける。

「呪いでも掛けてるの？」

菅沼は首を振った。身体を動かすと、適当に着つけたらしい浴衣がはだけそうになる。

「違う、目に焼き付けてる」

「やめなよ。身体に障りそう」

真剣な横顔は、今日見た誰よりも生々しい女の顔を見つめ続ける。

「なんでこいつを選んだんだろう。どうしてわたしはこいつをポジティブに捉えられないんだろう」

小さな液晶に映る、胸の谷間を見せつけながら満面の笑みを浮かべる女の顔を眺めて、わたしは答える。

「こいつをポジティブに捉えられる女性は少ないと思うよ」

「相手がこいつなのも嫌だし、そもそもこばっちが結婚を選んだのも嫌だ。わたしはいまその嫌さをどうにかして乗り越えたい」

力強く語る菅沼の前に、ウィスキーがそっと置かれた。氷の塊が小さく音を響かせる。

「今更だけどさ、平井って結婚したい？」

突然の問いかけに、さっと血の気が引きかけて、わたしは曖昧に笑った。

「わかんないよ」

わたしの前にも背の高いカクテルグラスに注がれたマンハッタンが置かれた。その縁をじっと眺めながら、自分の胸にある言葉を慎重に取り出してみる。

「わたし、恋愛できない体質だし。それに、お母さんには再婚してほしくなかった。

だから菅沼みたいに、結婚イコール良いものっていう価値観に共感できないのは、一緒かも」

マンハッタンは臙脂色の甘そうな見た目に反して、重たいアルコールの香りがする。

「でもさ、そういう、お母さんに再婚してほしくなかった、とか今でも思っちゃうこと含めて、時々自分がものすごく幼稚だと感じるときがある」

少しずつ飲み進めると、わたしの頰はすぐに熱を帯びる。

「結婚もしてないし子供も産んでないから、いつまでも子供みたいなのかな。そうすると、結婚ってやっぱりしなきゃいけないのかも、と思ったりもするよ」

「うーん、それは響きますな。わたしも自分のことガキっぽいと思う、たまに」

カラン、と音がなって、バーの扉が押し開けられた。思わずそちらに目を向けると、浴衣姿の男が一人立っている。

「いらっしゃいませ。お好きな席にどうぞ」

男は一つ席を空けてわたしの左側に座った。メニューを手に取って慣れた様子でウイスキーを頼んでいるようだ。

「ありがとね、平井」

「え？」

わたしは慌てて男から目を離して菅沼の横顔を見た。

「五十嵐くんが結婚したら、わたしも連れて来るからね」

笑って頷いた。

「うん、そのときはよろしく」

「でも、こばっちのファンは続けるなあ、どうしようもないわ」

「ねえ、こばっちって KI Dash の？」

突然、わたしの左に座っていた男が声を掛けてきた。反射的に振り向くと、顔の真ん中に鎮座するとにかく大きな鼻が目に付いた。

「すみません、いきなり。聞こえちゃったから。結婚びっくりしましたよね」

頭が真っ白になる。既に飲んでいるのか男からは饐えたアルコールの臭いがした。肌は浅黒く、よく見ると頬に小さな凸凹が幾つもある。四十代後半くらいだろう。垂れた目の横に埃が溜まりそうなくらい深い皺が刻まれている。

「東京の人?」

どうしていいのかわからず、問いかけに思わず頷いた。でも厳密には神奈川だと意味のない思考が追いかける。心臓が大きく脈打ち始め、顔に熱が集まる。

「へえ、俺も」

男は身を乗り出し、息のかかりそうな距離まで顔を近づけてくる。はだけた浴衣の隙間から、肌が見えそうになって目を逸らした。自分の速く強い鼓動が上半身全体に響いている。

「ちょっと、そんなに怖がらなくても」

「すみませーん、わたしたち本当に傷心旅行中なんで。ちょっとほっといてください」

わたしの右側から、菅沼が明るい声を出した。男は菅沼を一瞥して、つまらなそうに身体の向きを変えた。

「じゃあまあ、気が向いたら声掛けてよ」

それだけ言って、自分のスマホをすぐに取り出した。わたしは菅沼の方に身体を向けて、男が視界に入らないようにした。まだ、鼓動が収まらない。

「おつまみとか頼む?」

メニューをぱらぱらとめくりながら菅沼が聞いてくれる。でも、頭が全く働かず、わたしはただ首を振った。

「わたし、トイレ」

立ち上がって見回すと、薄暗い店内の奥にそれらしき扉があった。スリッパをぱたぱたと言わせながら、扉を押し開ける。

洗面台の鏡に、中肉中背の青ざめた女が映っていた。華やかさのない、四十手前の女の顔だ。

男のにやついた顔が脳裏にちらついて、胸を押さえた。枯れたような肌にぎらついた目。あの男は、わたしを性的な目で見ていたのだろうか。

気持ち悪い。洗面台に手を突いてじっと目を閉じる。何度か深呼吸をして、鼓動が収まるのを待った。

トイレから出ると、カウンター席の様子がすぐに見えた。男はまた身体を乗り出して菅沼と会話をしている。わたしは大股で席に戻ると、椅子を引きながら男を睨みつけた。男はあからさまにひるんで、菅沼から身体を離した。

菅沼は空になったグラスを持って、軽く振る。

「飲み終わっちゃった。結構、満足」

「そう」

「帰ろっか。付き合ってくれてありがとね」

「ううん」

わたしは首を振りながら、なぜかしら泣きたくなった。


翌朝、わたしたちは始業時間の少し前に起きた。布団から這い出て、光を透かすカーテンを開けた。蠢く海面が朝の光をまとわせて、奇跡のようにきらめいていた。潮騒が聞こえないよう、トイレに籠ってそれぞれ会社に電話を掛けた。わたしは高熱が出たと言い、菅沼は腹痛と吐き気がすると言ったそうだ。

街が起き出す前に海辺を少し散歩して、駅前の新しいパン屋で脈絡なくシナモンロールを二つ買い、海鮮丼を食べて帰った。節約して帰りは普通の車両に乗った。東京に近づけば近づくほど、仕事着に身を包んだ人が増えていった。

＊

白い封筒をポストに押し込もうとする。自重で指先を離れていこうとする封筒を、思わず摑んだ。そのまま、しばらく投函口から手を動かせなかった。

通行人の笑い声で我に返り、わたしは咄嗟に摑んだ封筒をバッグの中に放り込んで歩き出した。パンプスでアスファルトを踏みしめながら、なるべく心を無にしようと努めた。

家のドアを開けると、玄関に菅沼がいた。菅沼は、半狂乱になりながらダンボールに犬のフィギュアを詰めている。

「なんで入んないの、これ」

お盆の時期は依頼が多いらしく、先週から菅沼は家にいるほとんどの時間を3Dプリンターとパソコンの間を行ったり来たりして過ごしていた。

ひとつひとつビニール袋に入れられた無色の犬たちは、ダンボールいっぱいに詰め込まれ、その周りにも入りきらなかったフィギュアが散らばっている。ダンボールの送り先では、着色される工程が待っているらしい。

「互い違いに入れてなかった？」

パンプスを脱いで、わたしはその横を通り過ぎようとする。

「互い違い？　って？」

混乱している菅沼は、ただわたしの言葉を繰り返す。頭が働かないらしく、もう入る余地のないダンボールに、溢れたフィギュアを無理矢理詰め込もうとしている。

「だから、頭と脚を逆にして……」

わたしは仕方なくその場に膝を突いて、フィギュアを持って教えてあげた。

「ああ、こうか……」

力なく呟いた菅沼はダンボールに入った犬たちを取り出し始めた。わたしは玄関を離れて、自室でバッグを机の上に置く。忙しさがピークに達すると、菅沼は時々魂が抜けたようになってしまう。この調子だと料理もできないだろう。出前でも取ろうかな、と思いながらリビングへ向かおうとしたら、スマホが振動した。

電話だ。自室のドアを閉めなおして画面を見ると、身体が強張った。

母、と表示されている。しばらく眺めても、振動は止む気配がない。一定のリズムで震えながら、母という文字を主張し続ける。人差し指で画面をタップした。

「もしもし？」

「あ、佐和子？」

母の顔はもう三年も見ていない。わたしは身構えながら、なるべく何でもない響きの声色を作る。

「はいはい」

「あのさあ、住所変わったの？　お菓子送ったのに戻ってきちゃったから」

ベッドに腰かけて、一瞬高鳴った鼓動に気づかないふりをする。

「あー、うん。そう、引っ越した」

「それくらい教えなさいよ」

「忘れてた。あとで住所送っとく」

「最近、変わりはないの？」

「ないよ、別に」

「こっちはねえ、なんと犬を飼い始めたよ」

「え？」

「可愛いんだから。写真送るね。送り方、こないだ亜紀ちゃんに教えてもらったの」

とりとめのない会話を続けようとする母の声を聴いていると、そういえばこういう声でこういう話し方をする人だったと、時間の断絶が埋められていくような気がした。

「亜紀ちゃん、会ったの？」

亜紀ちゃんは、わたしの二つ下の従妹だ。懐かしい名前に、思わず聞いていた。

「うん、今、妊娠してるんだって。不妊治療、随分頑張ったみたい」

「へえ、よかったね」

「それでね、うちの犬、柴犬なんだけど」

母の声は耳元で響き続けているが、意味をくみ取ることがだんだんできなくなっていった。目の前にある机の角を、じっと見つめる。歪な木目の模様が、ただひたすらにそこにある。

母の声は止まない。適当に相槌を打つ。打てているのかわからない。やがて、母は満足したらしく通話を切った。

スマホの「日常」という名前のフォルダをタップする。幾つかのアプリがまとめられている。そのうちの、白地に赤いロゴの入っているアプリを開いた。

久しぶりに見たログイン画面は、再度認証を求めてくる。メールアドレスとパスワードを入力すると、お知らせがポップアップで表示される。

《おめでとうございます！　ryoさんとマッチングしました》

《いいねが届いています》

《新たな機能が追加されました！》

次々に表示されるお知らせを、淡々とタップして消していった。トップ画面には、男性の写真がずらりと表示されている。

インターフォンが鳴る。菅沼がばたばたと足音を立てて玄関に向かう。わたしの部屋の前を通ったとき、とっさにスマホの画面を消した。玄関のドアを開ける音がする。男性と菅沼の話し声が聞こえる。おそらく、犬のフィギュアの集荷だろう。

スマホの画面をつけて、アプリのメッセージ画面を開く。六名の男性のうち、四名の男性が退会していた。残った二名の、上に表示されていた方の男性の写真をタップした。

《はじめまして！　マッチング嬉しいです。よろしくお願いします！》

三週間前の日付だった。サムネイルの写真は、海を背景にした全身の姿で、小さすぎて顔を識別できない。わたしはほとんど衝動的に、返信を打ち込んだ。

《はじめまして！　最近アプリ開いてなくて遅くなってしまいました。すみません。よろしければ、やりとりさせてください。》

一度も読み返さずに送信ボタンを押す。そのままスマホをベッドに放り投げた。自分の身体もベッドに投げ出して、目を閉じた。

不妊治療。その単語を発したときの母の声には、どんな感情も籠っていなかった。母は、一度もわたしの結婚や出産を急かしたことはない。

検診台の上で開かれた太ももと、白い封筒の感触が脳裏に蘇る。「わたしにも」と、「わたしには」が混じり合って瞼の裏でうねっていた。

身体から一切の力を抜いた。重力に任せて、指先まで意識を研ぎ澄ます。ベッドに横たわったまま、ぴくりとも動かさない。わたしは、時々こうやって死んだふりをする。

わたしは死んでいる。だから、この世で起こっているすべてのことから無関係だ。死んだ犬たちのことを考えた。飼い主に溺愛されて、死んだ犬たち。まやかしの身体をフィギュアとして現世に残し、あの世では魂の尻尾を振りながら駆け回る。わたしの魂も、犬たちと一緒になってはしゃぎまわる。

菅沼はリビングにいるらしく、ごそごそと物音が聞こえてくる。わたしはその音に誘われるように立ち上がった。

リビングの真ん中で、菅沼はシーツにハサミを入れていた。その横にはダンボールが転がっている。ダンボールの側面に切りっぱなしの白いシーツが貼り付けられている。

「何してるの？」

菅沼がハサミを持った手を大きく動かすと、白いシーツの海が二つに分かれていく。切り口には、細い糸が幾つもぶらさがっている。

「お焚き上げコーナーを作ってる」

集荷に出せて安心したのか、菅沼の口調はいつも通りに戻っていた。

しかし、意味がわからない。無言で説明を求めると、菅沼はハサミを動かしながら言葉を続けた。

「犬のフィギュアの失敗作が溜まってきたんだけど、そのまま捨てたら祟られそうで」

「だけど、ずっと家に置いとく訳にもいかないでしょ」

半分になったシーツはさらにハサミを入れられて、どんどん小さくなっていく。

「うん。Amazon で探したらお焚き上げサービスっていうのがあって、ダンボールで送ればお焚き上げしてくれるんだ。それまで、この中に入れとく。なんか、白い布で囲んだり、掛けたりするだけでも効果あるらしいよ」

「そんなサービスあるんだ」

「そうそう。平井も昔のお守りとかあったら入れといていいよ」

「菅沼がそういうこと気にするなんて意外」

切り終えたシーツにのりを塗りながら、菅沼は笑った。

「確かに、昔のお守りなら、普通に燃えるゴミで出したことあるよ。犬のフィギュアはさ、飼い主から感謝のメールとか手紙がめっちゃ来るんだよね」

側面に貼られたシーツには皺が寄っていて、微妙に右端がはみ出している。菅沼ははみ出した部分を雑に折ってそのまま貼り付けた。

「犬に向けられたひとつひとつの気持ちが強すぎて、ちょっと怖くなる、こともある」

ほぼ完成したらしいお焚き上げ用の箱は、切りっぱなしのシーツが適当につぎはぎされていて、小学生の工作のようだった。言葉のわりには雑な出来上がりが、菅沼らしいとわたしは思った。

「ご飯、どうする?」

菅沼はぼさぼさの頭をひねって答える。

「うーん、親子丼でよければ、今から作るよ」

「本当? もちろん、よいよい。ありがとう」

わたしはソファに腰かけて、適当にテレビをつけた。しばらくして菅沼がキッチンに立つ気配がした。テレビから響く誰かの笑い声に重なる、冷蔵庫を開け閉めする音や、シンクを打ち付ける水の音を、わたしはじっと聞いた。

*

ベッドにうつ伏せになったわたしは、息を殺した。身体から力を抜いて、ゆっくりと瞼を閉じる。わたしは、死んでいる。

会社からの帰り道、ベビーカーを押す女性を見た。ベビーカーには一歳にも満たない赤ちゃんが肩に頭をめりこませるようにして眠っていた。女性は半袖のワンピースにフラットなカンフーシューズを合わせていて、乳飲み子の母としては随分手入れの行き届いた格好だった。こぎれいではあるが、目元の印象や手の甲に浮かぶ血管が、四十代であることを窺わせた。わたしより、きっと年上だ。

四十過ぎて子を産む人は今時そこまで珍しくもない。そんなことは知っている。知っているのに、だめだった。帰宅中、ずっと重たいものを呑み込んだような息苦しさがまとわりついた。

家に帰っても、菅沼はいなかった。今日は外泊してくると連絡があった。ベッドに直行して十数分、死んだふりを続けている。

三途の川の向こうで祖母と手を繋いで散歩をする妄想をしていると、重たい感情が少しずつ通り過ぎていった。

時計を見ると二十時過ぎだった。寝るまでの四時間少しが途方もなく長く感じられる。

コンビニで買った唐揚げ弁当をレンジに押し込んで、あたためボタンを押す。一瞬回りかけた唐揚げ弁当はレンジの壁にひっかかって止まった。

わたしは立ったままスマホを眺めた。「日常」フォルダの中にあるアプリを開くと、男性から返信が届いていた。

《先週はぶらり鎌倉に行ってきました。小町通りはものすごく混んでいましたが、運よく空いてるお店を見つけて、ゆっくりできましたよ。最近はどこか出かけられましたか？》

男性とは、二日に一通のペースでやりとりが続いている。これで六通目だ。返信を打とうと指を走らせようとしたら、レンジが鳴った。スマホの画面をいったん消して、唐揚げ弁当を取り出した。プラスチックの容器の端が熱で歪んでいる。

ソファの前に移動して、割りばしで弁当をつつきながら、返信を打ち始める。

わたしにも、と思う。わたしにも、男性とメッセージのやりとりをすることはできた。


菅沼がいなくても時間は当たり前に過ぎていき、自室のベッドに横たわればいつもと変わらない夜だった。翌朝、物音ひとつしないリビングで一人、六個入りのロールパンの袋を開けた。

出社して名も知らない観葉植物に水をあげたあと、自席に座って、わたしははっとした。

目の前に座る吉田さんがポロシャツを着ている。視線が胸元の刺繡に吸い込まれる。和歌山県だった。目に焼き付けた和歌山県のシルエットに違いなかった。

「平井先生、ちょっと教えてくれる？」

突然背中に呼びかけられ、肩が跳ねそうになる。振り返ると、いつの間にか近藤さんが小首を傾げて立っていた。

「あ、邪魔してごめんね。確認したいことがあって」

「はい」

驚いたことを誤魔化そうとして、やたらとはきはき答えてしまった。近藤さんは手にしていた資料をわたしの机に置いて、業務に関して幾つか質問をした。

近藤さんが去ったあと、吉田さんの胸元をさりげなく眺め続けた。

はやく、菅沼に伝えたい。スマホで写真でも撮って送りたいが、さすがに自重した。

定時を少し過ぎて、オフィスを出た。真夏のピークは過ぎ、日が暮れると随分涼しい風が吹くようになった。半袖のブラウスでは肌寒く、あっという間に変わっていく季節に置いていかれたような心地で両腕をさする。

最寄り駅で薬局に寄って六個入りのトイレットペーパーを買った。左手に提げたトイレットペーパーを微かに前後に揺らしながら、帰路を急ぐ。菅沼はもう帰っているだろうか。

家のドアを開けると、闇に沈んだ玄関と廊下が、ただただ静かだった。電気のスイッチに手を掛ける。狭い玄関に雑然と置かれたパンプスとサンダルが、昨日と変わらない形でそこにあった。

今日は残業してくるのかな。リビングに移動してふとスマホを見ると、菅沼からメッセージを受信していた。

《今日も帰らないかも。ごめんだけど、ご飯は適当に食べといて》

「なーんだ」

声に出してみると、思ったよりも惨めに響いた。

ソファに座ると、部屋の隅のお焚き上げコーナーが目に入った。白い箱からは、ひっそりとした死の気配がする。箱には半分くらいフィギュアが溜まっていて、脚の欠けたものやフィラメントの巻き付いたものもあれば、どこが失敗作なのか判別しかねるものもあった。

右手に持っていたスマホを手持ち無沙汰に眺める。もはや習慣化した手つきで「日常」フォルダをタップした。わたしの送ったメッセージに返信が届いている。開こうとして、指が止まった。直感だった。そろそろ、食事に誘われるのではないか。

メッセージを。わたしは一呼吸する。メッセージを送ることは、わたしにもできる。じゃあ、会うことは？　見知らぬ男性の前に立って、女としてのわたしを品定めする目に晒されることが、わたしにできるのか。なぜかしら雅俊さんの顔が脳裏に浮かびかけて、男性からのメッセージを開封した。

《僕も、普段の土日は家でゆっくりすることが多いですよ。（笑）

ｓさん、よければお会いしませんか？？　ランチでもご一緒できたらな、と思っています（＾＾）》

心臓が跳ねるように高鳴った。関係ない、と思おうとしても初めて会った時の雅俊さんの硬い笑顔を、わたしの脳は描いた。

眼鏡の奥で一生懸命笑顔を作ろうとしていた雅俊さんは、毛髪が薄くなりかけていて、ズボンの上に弛んだ腹が乗っていた。同級生の男子と決定的に違う、脂ぎった白い肌には、拭っても拭ってもすぐ汗が滲んだ。新しいお父さん、である前に、母がこんな人と恋愛していたということが、痛烈に気持ち悪かった。貧しさに耐え切れなくなった、一人娘を抱えた母の選択でもあったことは、当時のわたしにもうっすらとわかった。雅俊さんと再婚してから、こぎれいなマンションに引っ越すことになったし、母の休みは多くなったし、給食費を滞納することもなくなったから。それでも、どんな理由があったとしても、母が一度でも女として雅俊さんの前に立ったという事実が、何よりも質量を持ってわたしの中に在り続けた。

今、やりとりをしている男性は、当時の雅俊さんより幾つか若いだけの人だ。母のように、わたしも、女として男性の前に立てるのか。わたしは、本当にそんなことがしたいのか。

指は、動いた。

《わたしも、会いたいです。ぜひ。》

したくない。でも、できる、かもしれない。わたしにも、もしかしたら、できるのかもしれない。カーテンで仕切られた検診台が脳裏に立ち現れる。自分の下半身だけがカーテンの向こうに晒される不快感と、白い封筒の感触が蘇っては消えていった。

薄暗いリビングのソファで一人、わたしは自分の真ん中を見つめ続けた。

*

男は、田辺祐樹と名乗った。四十歳という年齢相応の、中肉中背の男だった。池袋駅の東口に現れた男は、白いワイシャツの上にグレーのジャケットを羽織っていて、重そうな黒いショルダーバッグを肩からぶら下げていた。歩いているときは、ショルダーバッグの方に常に少しだけ身体が傾いた。背の高くない男に、ショルダーバッグがやたらと大きく感じられ、野暮ったい印象を与えていた。鞄さえ変えればそれなりかも、といきなり査定している自分に気づいて、薄暗い気持ちになった。わたしのことを、田辺さんはどう査定しているのだろう。いわゆるデート向きの服を全く持っていなくて、今朝クローゼットの前で途方に暮れてしまった。仕方なく、仕事用のブラウスとバッグに、フレアスカートを合わせた。スカートも数年前まで会社で穿いていたものだが、会社で着用するには若すぎるような気がして、クローゼットの奥で眠っていた。裾が広がる紺色のスカートを穿いた姿見の前の自分は、かろうじて女性らしさがあるような気がした。

駅前で適当な店に入った。古びたドアを開けると、ドアに括りつけられたベルがカラカラと音を立てる。手狭な店には、おしゃれさを演出したいのか、便利だからそこに置いているのか、判断しかねるワインの瓶や、食器類や、コーヒーミルがごちゃごちゃとひしめきあっていた。

座るなり、田辺さんはにこやかにわたしを見た。

「来てもらえて嬉しいです」

何と返せばよいのかわからず、わたしは曖昧に笑う。田辺さんはわたしの反応に悪い顔ひとつせず、テーブルのメニューを指さして、何を頼むか聞いた。

わたしの頼んだパスタセットBは、皿に平たく盛られた少量のレタスと、家で作るのと変わらないカルボナーラで構成され、１０８０円だった。自分で作ればもっと安いのに、と頭の片すみで考えながら、それを口に運んだ。

「お住まいはどちらですか？　僕は柏に住んでます」

「鶴見です」

「いいですね。便利そうですね。柏、意外に大きい駅なんですよ。知ってます？」

「あ、降りたこと、ないかも」

「みんな僕の家来るとき、柏が栄えててびっくりするんですよ。必要な物が全部駅前にあります」

「あ、なんかわかる気が」

「平井さんは、ずっとこの辺ですか？」

「実家も神奈川の方で」

「へえ、いいなあ。都会ですね。僕は佐賀出身なんです。めちゃくちゃ田舎ですよ」

田辺さんは、とにかくよく喋った。会話に困ることがなく、有難かった。大人しそうな見た目に反して、にこやかで社交的らしい。わたしたちは、パスタ屋で小一時間、お互いの生活についてのほとんどすべてを話し合った。でも、菅沼との同居に触れることをわたしは意図的に避けた。少しの後ろめたさがずっと背中に貼りついていた。

皿を下げられ、空になったコップに店員が水を注がなくなった頃、田辺さんは笑みを一層深くして切り出した。笑うと、一列に並んだ小さな歯がやたらとたくさん見えることが、さっきから気になっている。

「お仕事、満足されてますか？」

「え？」

急に話題が変わったので、わたしは少し身構えた。

「僕、副業やってるんです」

「あ、そうなんですね」

「起業をお手伝いするような仕事なんですけど」

「はあ」

ぴんとこなくて生返事になってしまう。田辺さんの後ろでは、わたしたちよりずいぶん後に入ってきた女性たちが、立ち上がって財布を取り出している。

「例えば誰かが今のお仕事しかないって思いこんで、ご自身の可能性を摘み取ってしまうのは、もったいないと思うんです。僕はそういう方々に、ぜひチャレンジしてもらいたい」

原稿を読み上げるような流暢さで、田辺さんは続けた。

「平井さんも、今のお仕事に不満とかあるんじゃないですか？　とっても頭の良い方だと思いました。その能力が評価されてないとか、能力を活かしきれてないとか。あるいは、報酬が足りないとか」

田辺さんの勢いに圧倒されて、ひきつった笑いで首を振る。

「いえ、わたしは大した人間ではないので……」

「自信がないんですね。僕もそうでした。でも、もっとポジティブな言葉をたくさん口にしていった方がよいですよ。言霊ってご存知ですか」

「言霊……」

「言葉に魂が宿るということです。なりたい自分をイメージして、自分はこうなりたい、または自分はこうなるって言い続けると、本当にだんだんそうなっていくんです」

「はあ、まあ」

それは知っているけれど。分厚い瞼の下で、田辺さんの目が三日月形に細められる。

「本は読まれますか?」

「あ、たまに、小説とか。お好きですか?」

話題が変わったことにほっとしてすぐに聞き返すと、田辺さんはぴしゃりと言い切った。

「小説は読まないです。自分を高められる本をたくさん読んで吸収することがとても重要だと思っています」

黒い大きなショルダーバッグから、田辺さんは突然一冊の本を取り出した。

「よければ、こちらお貸ししますよ」

差し出された本の表紙には、外国のお金の写真が大きくプリントされており、「マネーフローのすべて」と書かれている。わたしは、心底どうしてよいかわからず首を振った。

「いえ、あの」

「ぜひ、平井さんにとっても役立つと思います。ご自分の可能性を広げてください」

田辺さんは有無を言わさずわたしの方に本を押し出した。お金の写真の表紙が、こちらに向かってテーブルの上を滑ってくる様が、わたしは恐ろしかった。

「よかったら、今度紹介したい人がいるんですけど、一緒にいかがですか？」

「紹介？」

本には手を触れず、わたしは身体を固くして聞き返す。田辺さんは、にこやかな顔を崩さずに続けた。

「僕の師匠みたいな人なんです。なかなかアポ取れないんですけど、僕だったら融通利かせてもらえると思うので」

「いえそれは、ちょっと……」

再び首を振ったあと、勇気を振り絞って付け加えた。

「わたしが興味あるのは、田辺さんだけなので」

「僕を知るためにも、会ってほしいです。本当に、彼の言葉や考え方が僕を形作っている大きな要素なんです」

水の入っていないコップを持ちかけてすぐに置いた。目の前で起きていることに、頭が追い付いていない。ブラウスの下で冷や汗が滲んでいる。ひとつ覚悟を決めて、わたしは田辺さんの笑顔を見返した。

「わたしたちが登録してたのって、婚活アプリですよね」

「そうですよ」

「そういう目的で今日、来てますか」

田辺さんは笑顔で即答した。

「はい。平井さんはとても素敵な女性だと思います。せっかく出会えたので、このご縁を大切にしたい」

だめだ。わたしはそこで思考を閉じて、あとはもう穏便にお開きにすることだけを考えることにした。幾つか中身のない応答をして「もうそろそろ」と腰を浮かすと、田辺さんはあっさりと解放してくれた。

席を離れるとき、どうしても耐え切れずにテーブルの上の本を田辺さんの方に押した。

「わたし、こういった本は読みません」

田辺さんの返事は「では、初めてのチャレンジになりますね」だったので、わたしは無言でバッグの中に放り込んだ。仕事用のバッグはＡ４サイズの書類が入る大きさで、うさんくさいビジネス書をすっぽりと包み込んだ。

電車に揺られながら、重くなったバッグを膝の上に抱えた。車窓を流れていく池袋の街なみを眺め、とりとめもなく思考を巡らせた。まだ帰宅するには早い土曜の十五時過ぎ、車内は空いている。前の席に座っているカップルは、肩を寄せ合って男の持つスマホを覗き込み何事か囁き合っている。女の短いスカートから伸びた生脚が眩しかった。

マルチだったな。川底の泥が舞い上がるように、歯がたくさん見える田辺さんの笑顔が胸の中で蘇った。ネットでよく見る、マルチ商法の勧誘の手口に違いなかった。婚活であることを否定はしていなかったが、おそらく勧誘がメインの目的なのだろう。

電車が駅に着くと、スマホに夢中になっていたカップルが車窓を振り返り、慌てて立ち上がった。小走りで電車を降り、駅のホームで顔を見合わせて笑っている。

わたしは自分の、マニキュアも塗られていない平らな爪を眺めた。結婚適齢期を過ぎた女性の婚活は、わたしが思うよりも過酷かもしれない。こんなこと、きっと珍しくない。マルチだったから、仕方ないな。早く忘れよう。

最寄り駅に着いて、マンションまでの道を歩いている途中も、同じ言葉が頭の中をめぐり続けた。

マルチだったから、仕方ない。わたしは悪くない。

歩き慣れた通りの街路樹が午後の日に照らされている。重なり合った葉は光を透かして、嘘みたいに鮮やかな緑色をしていた。アスファルトに降り注いだ木漏れ日の上を、一羽の鳩が横切っていく。

……本当に？　川底の泥の一番深いところにある、重く淀んだ膿が顔を出した。考えないように抑え込もうとしても、溢れ出してしまう。

どうせ、わたしは男性を好きになれない。田辺さんがマルチじゃなくて、非の打ちどころのない男性だったとしても、自分は異性に対して恋愛感情を持つことはない。

わたしが交際した二人目の男性は、優しい笑い方をする人だった。しっかり「付き合ってください」と言ってくれて、しばらくは手もつながないデートを重ねてくれた。彼の家に初めて行ったとき、身体をまさぐられて、反射的に突き飛ばした。過呼吸になったわたしに寄り添って、傷ついた顔をしながら背中を撫でてくれた、男の手のひらの優しい熱が、どうしようもなく気持ち悪かった。

マルチなんて、ましてや、ショルダーバッグの大きさも、笑顔のときに見える歯も、関係ない。これはわたしの問題だ。

「ただいま」

リビングでテレビを見ていた菅沼が振り返った。

「おかえり」

わたしを一瞥して意外そうな顔をする。

「あれ、今日仕事?」

「ううん」

「ちゃんとした服着てるから」

そんなことにがっかりする状況ではないと思ったが、フレアスカートを穿こうが仕事着にしか見えないということは、しっかり残念だった。自嘲の笑みを浮かべて首を振ると、菅沼はちょっと不思議そうに首を傾げた。わたしはさっさと自室に引っ込んで、クローゼットから部屋着を引っ張り出した。

菅沼の作ったポトフには、これでもかというくらい多くの野菜たちがごろごろしている。コンソメ味のスープを飲むと、胃がじんわりと温まる。菅沼はフォークに突き刺したウィンナーを口に運びながら、わたしを見た。

「ウィンナーってさ、スーパーで謎に二袋ぐるぐる巻きで売られてるじゃん？　一人暮らしのときはマジであの売り方ムカついたわ。本当に冷静にあれ何なの？」

何も返事ができなかった。同意を得られなかった菅沼は不満げな顔をしたが、黙々と手を動かし続けた。ウィンナーを嚙むと、肉汁が口の中に広がる。わたしは、ぽつりと呟いた。

「今日、婚活アプリで知り合った人と会ってた」

「え、うそ。めずらし」

目を丸くした菅沼は、いったん口の中のものを飲み込んだあと、軽い調子で聞いた。

「どうだったの？」

「マルチ商法の勧誘だった」

一瞬身体を固まらせて、菅沼は素直に顔を顰める。

「それは、残念だったね……非常に。お気持ち、お察しするよ」

ローテーブルの上には二人分のポトフとサラダとお茶碗が並んでいる。ポトフからまだ出ている湯気の向こうで、あぐらをかいている同居人の姿に、唐突にこみ上げるものがあった。気が付くと、口を開いていた。

「わたし、卵子凍結してる」

なぜ今告白をしているのか、自分でもわからなかった。

「三十五歳になったときに凍結して、それから毎年更新書を出してる。知ってる？郵送で更新書を出すだけで、毎年わたしの卵子が保たれるの」

「そっか」

菅沼は神妙に頷く。一度晒してしまったら、もう止まらなかった。

「成功率が高くないから、大体これだけの量を凍結していれば妊娠できるでしょうって基準があるんだけど、それは高くて、結局半分くらいの量になっちゃった。なんかぜんぶ半端だし、もうやめた方がいいのかなって毎年思う。むしろ、どうして諦められないんだろうって思う。もうやめ、もうわたしは世間一般の女としての幸せルートを選ぶことを、そのためにあがくことを、やめます。そしたら、諦めたら、楽になれるのかな」

フォークをテーブルの上に置いた菅沼は下を向いて考えこんだあと、顔を上げた。

「続ければ？　金銭的にとても無理とか、そういう事情がない限り。可能性をあえて切る必要はないと思う。今やめたら未練が残るんじゃない？」

意外な答えだった。わたしは目の前の、いつもより少しだけ真剣な表情を見つめ返した。

「諦めないことが正解じゃないように、たぶん、諦めることも正解じゃないよ」

これで話は終わり、とばかりに菅沼は再びフォークを手に持った。わたしも黙ってジャガイモを口に運んだ。菅沼の作ったポトフは、塩気が少なめでやわらかい味がする。

＊

長袖一枚くらいがちょうどいい季節になった。九月末の仕事の繁忙期を一つ越えて、自由時間の長い生活が戻ってきた。昼時の日差しが降り注ぐベランダで、菅沼のTシャツにハンガーを通す。彼女はまだ室内では半袖のシャツを着ている。このところ雨が続いていたが、今日は深い青の空がマンションの上に広がっていた。物干し竿にハンガーを掛けると、道端ではしゃぐ子供の声が聞こえてくる。こんなに気持ちの良い日なのに、胃の底が冷たい。

菅沼の週一回の外泊が、一か月以上続いている。大体金曜日に泊まって、土曜日に帰ってくることが定着してきた。手を動かしながら、そのことばかりが頭を巡った。外泊先を、菅沼は言わない。わたしも怖くて聞けなかった。でも、これだけ続いているのだから、どう考えても理由は一つしかない。

少し前から菅沼の外泊の連絡を受け取るたびに、小さな怒りに似た感情が積み重なるようになっていた。この共同生活の存続に関わる問題かもしれないのに、説明もしないなんて。今日は土曜日で、昨日菅沼は帰らなかった。今日こそはっきりさせよう。一人決心して、ブラウスを広げた。

家のドアを開けた菅沼は、手に提げていたスーパーの袋をローテーブルの上に置いた。

「お弁当五十円引きだった。平井の分も買ったよ」

ソファに座っていたわたしは、立ち上がってじっと菅沼の顔を見る。菅沼はジャケットを適当に脱いでソファの背に掛けた。半袖のTシャツから伸びた細い腕がむき出しになり、知らないボディーソープの臭いが香った。

「何？」

菅沼は怪訝な顔でわたしを振り返る。

「あのさ、彼氏できたの？」

どうやって探りを入れようか考えていたのに、単刀直入な言葉しか思いつかなかった。口にしてから、心臓が高鳴り出す。トレーナーの下の鼓動が見えてしまうんじゃないかと思うくらい、強い拍動だった。

「彼氏っていうか」

菅沼は首筋を触りながら目を逸らす。

「本気じゃないよ。向こう単身赴任中の既婚者だし、お互いに」

自分の身体が固まるのがわかった。ひとつひとつの情報を、頭で処理しきれない。やはり男と会っていたのか。その前に既婚者って、不倫ってこと？

「だからまあ、ルームシェア終了ってことにはならないからさ」

言葉が全く出てこない。わたしは今一体どんな顔をしているのだろう。遠くの子供のはしゃぐ声が場違いに響く。気まずげに頭を搔きながら、菅沼が言った。

「こないだ、熱海のバーで会った人覚えてる？」

「えっ」

あんなおじさんと？　喉まで出かかった言葉をかろうじて呑み込んだ。

「平井がトイレ行ってる間に連絡先交換してて。なんかちょっと気まずいなーと思って黙ってた。ごめん」

「別に謝ることじゃないけど」

答えながら、わたしの脳は熱海で見た男の姿を描いていた。鼻が大きくて、浅黒い肌にぎらついた目をしていた男。あのとき、雅俊さんを初めて見た十五歳のときと同じ、強烈な嫌悪感が足元から這い上がってくる。

「でも、どうするの。それこそ、子供でもできたら」

震えそうになる声をごまかしたくて、喉に力を入れた。菅沼は右側の口角を少し上げて答えた。

「できないよ」

一音一音しっかりと発音する、子供に諭すような言い方だった。

「できないの？」

動揺して思わずオウム返しにしてしまう。

「できないよ」

静かに断言する菅沼に、バカにされているような心地がする。

「じゃあ、もういいけど」

大した話じゃないし、とでも言いたげな声音は、自分の耳にも強がりにしか聞こえなかった。

＊

横浜駅西口の居酒屋は、活気に満ちていた。和服風の制服を着た店員が慌ただしく店内を走り回っている。六人掛けの席に通されたわたしたちは、べたついたメニュー表を見ながらそれぞれドリンクを決めた。半個室を謳っている店内は、簾と壁で席が区切られていて、内装は黒で統一されている。スタイリッシュさを演出するような黒ではなく、こだわりのなさやおそらく汚れを隠すような黒だった。

九月末の四半期決算が終わったら、慰労会をしようと言い出したのは近藤さんだった。若手が幹事を担い、部内の六人が参加することになった。近藤さんから「平井さんには頑張ってもらったし是非」としきりに言われた。若手の「日程は平井さんに合わせますから」の一言に、断る術を失った。会社の飲み会に参加するのは数年ぶりだ。

乾杯が終わるなり、各々お通しを口にする無言の時間が続く。わたしは誰とも目が合わないように、美味しくも不味くもないひじきの煮物を少しずつ咀嚼した。

意外にも吉田さんが最初の一言を切り出した。

「いやあ、うちはもうあれやらないんですかね」

近藤さんが首を傾げる。

「あれって？」

「在宅勤務」

「ああ〜」

数人の大げさな相槌をきっかけに、場が回りだした。お通しをつまむ手を止めて、それぞれ口を開く。

「友達の会社とか、コロナきっかけに在宅増えたってとこありますよ」

「子育て世代にはいいかもね」

「いや、家に小さい子供いる状態で仕事できなくないですか？　家なんて絶対無理ですよ」

「在宅だから共働きでも家で子育てできるよね、ってなっちゃうと逆にきついね」

「うちはもう小学生だから、学童とか預けなくて済むなら助かるな。やっぱ同じ家にいられるってのは安心だよね」

「とにかく経理は半分は在宅でできる仕事だよ。せっかくＣＩＥテックのシステムも入れた訳だし」

「うちの上層部も考えてくれればいいのに」

在宅勤務が羨ましい気持ちはわかるが、どこで会話に入ればいいのかわからない。ひたすら相槌を打つことで、かろうじて会話に参加している風を装っていると、近藤さんが突然話題を変えた。

「そういえば、平井さん、こないだ言ってた人の話聞かせてよ」

その一言で、四人の視線が一斉にこちらに向けられた。

「同居人……のことですか？」

「そうそう、全然知らなかった」

近藤さん以外は一様に意外そうな表情をしている。

この話題になるだろうなと予想はしていたが、どのような応対をするか決めかねていた。近藤さんは対角線上の席で、唇を緩ませて傾聴の姿勢を見せている。手元のカシスオレンジに目を落とし、わたしは苦し紛れに笑った。

「あー、あのとき言えなかったんですけど、同居人って女性なんです」

近藤さんは微笑みを浮かべた表情のまま固まった。同僚たちが酒を飲む手も止めたので、本当にこのテーブルだけ居酒屋の喧噪から切り取られたような沈黙が訪れた。誰とも目が合わないのに、好奇の視線が頭上で乱反射している。「女性との同居」がどういう意味なのか探っているのだろう。わたしは慌てて付け加えた。

「あ、そういう意味でのパートナーっていうことでもなくて、単なるルームシェアで」

多少弛緩した空気の中で、近藤さんが大げさな笑顔を作る。

「へー、あー、そう。そうだったの。やだあ、早とちりしちゃった。ごめんね」

「いえ……普通そう思いますよね。こんな歳になって、おかしいのはわかってるんですけど」

次第に口角が下がってきた近藤さんは、「いやいや……」と言ったきり、後が続かなかった。間を埋めるためか手元のビールジョッキを呷る。隣に座っていた若手がつまみに箸を伸ばしながら何気なく言った。

「うちの嫁さんも、独身の頃ルームシェアしてましたよ」

「へえ、最近珍しくないのかもね」

「あ、そういえば家でよく会社の話するんですけど、嫁さん近藤さんに会いたがってましたよ」

「え、うそ。どんな話してんの」

慎重に速やかに会話が構築されていき、テーブルの雰囲気が穏やかになっていく。わたしは、再び相槌を打ちまくることに徹した。


日の暮れた路上で、パンプスがアスファルトを踏む。酔いのすっかり醒めてしまった頬を、撫でる夜風が冷たかった。

飲み会は、表面上は和やかに終わり、近藤さんは若手をつかまえて二次会になだれ込むようだった。今頃二次会で、わたしの話をしているかもしれないし、なかったことにされているかもしれない。

そんなことはどうでもいい、と思う。左手の道路で信号が変わり、自動車が一斉に進みだした。

あの、マルチの人——田辺さんに連絡してみようかな。最悪離婚とかしたとしても、とりあえず子供を作ってみるのはどうだろうか。

思いついた瞬間から、わたしの探していた答えでないことはわかっていた。どうしてそんなことを考えてしまうのかわからない。本当に一人の人間を産んで育てたいのか、それがどれくらいの重さなのかわかっているとも思えない。でも、その考えはわたしの頭にこびりついた。わたしの産みたさは、一体どこから来るのだろう。

家に帰ると、菅沼と顔を合わす前に自室に飛び込んだ。バッグを放り投げ、ベッドに横になる。服や髪に染み込んだ居酒屋の饐えた臭いが、突然主張しだす。

いつものように、じっと目を閉じて息を潜めた。指や爪の先まで意識を張り巡らせて、身体を硬直させる。わたしは死んでいる。

どうしても田辺さんの顔が浮かび、なかなか追いやることができなかった。やがて、静止していることに身体が音を上げた。顔の前に投げ出していた左手がぴくりと動いてしまう。

身体を起こすと、今度は猛烈なエネルギーが湧き上がってきた。何かしていないと、この上なく恐ろしいものに引きずり込まれそうだった。バッグの中からスマホを取り出す。電気のついていなかった部屋に四角い液晶が浮かび上がる。LINEアプリの田辺さんのトーク履歴を二か月ぶりに表示すると、未読のメッセージが幾つも届いていた。一番古いメッセージに目を通す。

《こんばんは！　平井さんってスポーツとか興味あります？　今度僕たちの仲間でフットサルやるんですけど、よかったらいかがですか？　体を動かすのって気持ちいいですよ！　楽しくやる会なので経験とかなくても全然大丈夫です（^^♪》

次のメッセージは料理教室の誘い、次はビアガーデン。その次からあからさまなセミナーや「師匠」たる人物との食事会の誘いとなり、最新の一通はたこ焼きパーティーへの招待だった。

人差し指の腹が液晶に照らされている。ほぼ一週間に一度の頻度で届いていたそれらは、毎回趣向を変えながらも同じテンションの文面で綴られている。田辺さんの感情はどこにあるのだろう。わたしに送られた幾つものメッセージは、しかし一つもわたし宛てではないような気がした。液晶に表示されたそれらは、ひたすらに空虚だった。文面をなぞりながら、やり過ごせない苦しさがどっと溢れ出した。手から滑り落ちたスマホがベッドの上で弾む。苦しくならないで、何もかもすべて諦めて、生きていくことはできない。わかりきっていたことを噛みしめて、わたしは身体を丸めた。

部屋を出ると、リビングの電気がついていた。ふらふらと足が動く。植物が日に向かって葉を伸ばしていくような本能に従って、わたしは明るい方へ向かった。菅沼がいるかどうか何故か考えてもいなかったが、ドアを開けると当たり前に菅沼が部屋の隅に立っていた。３Ｄプリンターの前で、何やら手をせわしなく動かしている。

しばらくすると、３Ｄプリンターがけたたましい音を立てて動き始めた。菅沼は振り返り、ドアの前で突っ立ったままのわたしに向かって首を傾げる。

「ごめん、うるさい？　夜通し動かしてないと締切りやばくて」

無言で首を振った。ちっともうるさくなかった。自分以外の人間がもたらした明るさや音で、今はこの部屋を満たしてほしかった。

「平井、何か欲しいものある？」

３Ｄプリンターの台座上にできあがっていく造形物を眺めながら、菅沼が突然言った。

「え？」

「誕生日も近いしさ。これで作れる物なら練習も兼ねてなんでも作るよ」

欲しいもの。わたしは思考を巡らせた。ぽかんと頭に浮かんだのは、やわらかな曲線だった。やわらかで、温かく、壊れやすいもの。

「赤ちゃん、作れる？」

菅沼は顔を上げた。顎に手を当てて、考える素振りをする。

「赤ちゃんか、いいね。いい感じに難しそうだ」

軽い声音と生き生きとした目で続ける。

「大きさの限界があるから、新生児でいい？」

今日の同僚のような探る視線はなく、菅沼からは造形への興味しか感じられない。わたしは、頷いて礼を言った。

夜中に不似合いなモーター音が響く部屋で、わたしたちはしばらく赤ちゃんの設計の話を続けた。

翌日は土曜日で、昼過ぎに目覚めた。一日を無駄にしたような焦りは、若いころと比べて全く感じなくなった。むしろ、歳を取ると問答無用で早く目覚めるようになると聞く。この気だるさと心地よさの入り混じる時間がなくなってしまうと思うと、今のうちに満喫しておきたい。

リビングに行くと、お焚き上げコーナーに赤ちゃんが捨てられていた。そっと拾いあげる。犬のフィギュアと同じで中は空洞になっているらしく、とても軽い。白いプラスチック製の赤ちゃんは、腫れた目を閉じて小さな手を身体の前で握っている。よく見ると、両脚がつながっていて、足の指も本数が足りない。それでも、十分に赤ちゃんとわかる造形だった。頭部には薄い毛髪の一本一本まで刻まれている。

って手を合わせた。何を祈ればよいのかはわからなかった。人間になるかもしれなかったわたしの卵子も、愛されて死んでいった犬たちと同じところへ行って、魂の尻尾を振りながら暮らしてくれればいいと思った。

初出「すばる」二〇二二年一一月号
第四六回すばる文学賞受賞作（「空洞を抱く」を改題）

装丁：鈴木久美
カバー作品：土屋仁応（彫刻・撮影）
「梟」「ステイホーム」二〇二一年制作

大谷朝子（おおたに・あさこ）
一九九〇年千葉県生まれ。
二〇二二年、本作で第四六回すばる文学賞を受賞。

がらんどう

二〇二三年二月一〇日　第一刷発行

著　者　大谷朝子《おおたにあさこ》

発行者　樋口尚也

発行所　株式会社集英社

〒一〇一―八〇五〇　東京都千代田区一ツ橋二―五―一〇

電話　〇三―三二三〇―六一〇〇（編集部）

〇三―三二三〇―六〇八〇（読者係）

〇三―三二三〇―六三九三（販売部）書店専用

印刷所　大日本印刷株式会社

製本所　ナショナル製本協同組合

ISBN978-4-08-771828-7　C0093

定価はカバーに表示してあります。

木崎みつ子／コンジュジ

二度も手首を切った父、我が子の誕生日に家を出て行った母。小学生のせれなは、独り、あまりに過酷な現実を生きている。寄る辺ない絶望のなか、忘れもしない1993年9月2日未明、彼女の人生に舞い降りたのは、伝説のロックスター・リアン。その美しい人は、せれなの生きる理由のすべてとなって……。一人の少女による自らの救済を描く、圧巻のデビュー作。

【第44回すばる文学賞受賞作／第164回芥川賞候補作／第43回野間文芸新人賞候補作】

高瀬隼子／水たまりで息をする

ある日、夫が風呂に入らなくなったことに気づいた衣津実。夫は水が臭くて体につくと痒くなると言い、入浴を拒み続ける。やがて雨が降ると外に出て濡れて帰ってくるように。そんなとき、夫の体臭が職場で話題になっていると義母から聞かされ、「夫婦の問題」だと責められる。夫は退職し、これを機に二人は衣津実の郷里に移住する。そして川で水浴びをするのが夫の日課となった。豪雨の日、河川増水の警報を聞いた衣津実は、夫の姿を探すが——。

【第165回芥川賞候補作】

永井みみ／ミシンと金魚

認知症を患うカケイは、「みっちゃん」たちから介護を受けて暮らしてきた。ある時、病院の帰りに「今までの人生をふり返って、しあわせでしたか？」と、みっちゃんの一人から尋ねられ、カケイは来し方を語り始める。暴力と愛情、幸福と絶望、諦念と悔悟……絡まりあう記憶の中から語られる、凄絶な「女の一生」。

【第45回すばる文学賞受賞作／第35回三島由紀夫賞候補作／第44回野間文芸新人賞候補作】

石田夏穂／我が友、スミス

筋トレに励む会社員・U野は、Gジムで自己流のトレーニングをしていたところ、O島からボディ・ビル大会への出場を勧められ、本格的な筋トレと食事管理を始める。しかし、大会で結果を残すためには筋肉のみならず「女らしさ」も鍛えなければならなかった──。モヤモヤした思いを解消できないまま迎えた大会当日。彼女が決勝の舞台で取った行動とは？　世の常識に疑問を投げかける衝撃のデビュー作。

【第45回すばる文学賞佳作／第166回芥川賞候補作】